**Bücher in der „Shifters Unbound"-Serie
von Jennifer Ashley**

PRIDE MATES
PRIMAL BONDS
BODYGUARD
(UNTER DEM SCHUTZ DES BÄREN)
WILD CAT
DIE GEFÄHRTIN DES JAGUARS
(OT: HARD MATED)
MATE CLAIMED
„PERFECT MATE"
LONE WOLF
TIGER MAGIC
FERAL HEAT
WILD WOLF
BEAR ATTRACTION
MATE BOND

„SHIFTER MADE" (SHORT STORY PREQUEL)

Bodyguard

Unter dem Schutz des Bären

SHIFTERS UNBOUND

Jennifer Ashley

Übersetzt
von Ivonne Blaney
für Agentur Libelli

Originaltitel: Bodyguard © 2011 Jennifer Ashley
Copyright für die deutsche Übersetzung: Bodyguard – Unter der Schutz des Bären© 2014 Ivonne Blaney
Lektorat: Cornelia Röser, Ute-Christine Geiler und Birte Lilienthal, Agentur Libelli
Deutsche Erstausgabe

Dieses E-Buch ist nur für Ihren persönlichen Gebrauch lizensiert. Es darf nicht weiterverkauft oder -verschenkt werden. Wenn Sie dieses Buch mit einer anderen Person teilen wollen, erwerben Sie bitte eine weitere Kopie für jede Person, die es lesen soll. Wenn Sie dieses Buch lesen, es aber nicht für Ihren alleinigen Gebrauch gekauft worden ist, kaufen Sie bitte eine eigene Version. Vielen Dank, dass Sie die Arbeit des Autors respektieren.

Alle Rechte vorbehalten. Kein Teil dieses Buches darf ohne Zustimmung der Autorin nachgedruckt oder anderweitig verwendet werden.

Die Ereignisse in diesem Buch sind frei erfunden. Die Namen, Charaktere, Orte und Ereignisse entspringen der Fantasie der Autorin oder wurden in einen fiktiven Kontext gesetzt und bilden nicht die Wirklichkeit ab. Jede Ähnlichkeit mit lebenden oder toten Personen, tatsächlichen Ereignissen, Orten oder Organisationen ist rein zufällig.

Cover: Kendre Egert and Kim Killion

Kapitel Eins

Die Besitzerin des Ladens trug ihr schwarzes Haar in einem frechen Kurzhaarschnitt mit ein paar roten Strähnen. Ihre Figur war kompakt, aber kurvig, und unter dem Kragen ihres Shirts blitzte eine mit feinen Linien gezeichnete Tätowierung hervor. Ihre blauen Augen waren in diesem Moment weit aufgerissen und ruhten auf dem Lauf der Waffe, die über die Ladentheke hinweg auf sie gerichtet war.

Ronan duckte sich mit seinem massigen Körper hinter die Abtrennung des Warengangs, wo er gekniet hatte, um sich die Auslage im untersten Regal anzusehen. Der Räuber hatte ihn nicht bemerkt, weil er im hinteren Bereich des Geschenkartikelladens verborgen gewesen war. Ronan war hergekommen, um noch etwas zu besorgen. Vermutlich hatte selbst die Ladeninhaberin Elizabeth im Moment vergessen, dass er da war.

An diesem späten Freitagabend waren nur sie drei im Laden: Elizabeth, der Räuber mit der Waffe und

Ronan, der sich inzwischen geräuschlos zur Ladentheke vorarbeitete. Anzugreifen wagte er nicht, solange sich die Waffe direkt vor Elizabeth' Nase befand. Eine falsche Bewegung, ein einziges Geräusch, und sie könnte sterben.

Warte.

Der Räuber war kaum mehr als ein Kind, vielleicht zwanzig Menschenjahre. Wenn er ein Shifter wäre, würde er noch als Junges gelten. Die Menschen hatten ihren Nachwuchs einfach nicht im Griff, dachte Ronan verächtlich. Er hätte jedes Jungtier zur Strecke gebracht, das auch nur darüber nachdachte, eine Waffe zu tragen, geschweige denn einen Laden auszurauben.

Elizabeth hatte die Hände flach auf die Ladentheke gelegt. Ronan konnte ihre Angst riechen – aber auch ihre Wut. Dies war eines der wenigen Geschäfte, die Wandlern Zutritt gewährten, daher hatte Ronan von anderen, die hier regelmäßig einkauften, ein paar Dinge über sie gehört. Elizabeth Chapman war ein Mensch und die Eigentümerin dieses Ladens, den sie gemeinsam mit ihrer jüngeren Schwester Mabel betrieb. Der Laden und das Geld, das er einbrachte, war alles, was die beiden besaßen.

Halt ihn hin, Süße. Mach keine Dummheiten.

Der Mann legte eine Schultertasche auf die Ladentheke. „Tu das Geld hier rein. Alles."

„Ich habe nur ungefähr zweihundert Dollar." Elizabeth' Stimme zitterte, aber Ronan hörte die Verzweiflung darin. Sie würde versuchen zu bluffen.

„Ich habe nicht gefragt, wie viel du hast, Schlampe. Ich habe gesagt, tu es in die Tasche. Und dann sehen wir mal in den Safe."

Gib ihm das Geld, riet ihr Ronan in Gedanken. *Führ ihn nach hinten zu mir.*

„Ich habe heute Abend schon Geld auf die Bank eingezahlt", sagte Elizabeth.

„Lüg mich nicht an, *chica*. Ich weiß genau, wann du deine Einzahlungen machst. Ich habe dich beobachtet. Und jetzt pack das Geld in die Tasche."

Ronan konnte Elizabeth' Herz klopfen spüren, konnte ihre Angst über den öligen Geruch des arroganten jungen Mannes hinweg riechen. Der Junge trug keine Maske und gab sich auch keine Mühe, sich aus dem Blickwinkel der Überwachungskameras herauszuhalten. Also war es ihm offenbar gleich, ob Elizabeth ihn später identifizieren konnte. Entweder war er übermäßig selbstbewusst, oder er hatte vor, sie umzubringen und längst weg zu sein, bevor die Polizei eintraf.

Das würde nicht passieren.

Ronan hörte das Geraschel, das ihm verriet, dass Elizabeth das Geld in die Tasche stopfte. „Das ist alles", sagte Elizabeth. „Siehst du?"

„Mach den verdammten Safe auf."

„Der ist nicht hier draußen. Er ist hinten. Im Büro."

„Dann gehen wir eben nach hinten."

Elizabeth keuchte leise auf, und Ronan wusste, dass der Mann sie gepackt hatte. Sein Blut kochte, der Shifter in ihm wollte töten. Fast hätte er sich brüllend aufgerichtet. *Noch nicht. Noch nicht.* Aber der Mistkerl würde dafür bezahlen, dass er ihr wehgetan hatte.

Elizabeth und der Einbrecher kamen zum Ende des Gangs, der Kerl trug seine Schultertasche, die Waffe hatte er seitlich gegen Elizabeth' Oberkörper gedrückt. Der Ausdruck auf ihrem Gesicht war leer, resigniert. Sie dachte, sie würde sterben. Auch bei dem leisen Geräusch, mit dem Ronan sich aus seiner Jeans schälte, blickte sie sich nicht um und sah ihn nicht im Schatten stehen, bereit, sich zu verwandeln. Der Räuber hielt den Blick geradeaus auf die Bürotür und das mögliche Geld dahinter gerichtet.

Ungeschickt machte Elizabeth sich am Schlüsselbund zu schaffen, schloss die Tür auf und öffnete sie. Die Lichter waren ausgeschaltet. Der Räuber schob Elizabeth vor sich hinein und ließ sie kurz los, um nach dem Lichtschalter zu tasten.

Das ist mein Stichwort.

Ronan wandelte seine Gestalt und griff an.

Elizabeth hörte ein leises Geräusch und fühlte einen Windzug, als etwas Großes in tödlicher Lautlosigkeit auf sie zustürmte. Sie sah ein riesiges Gesicht, dichtes Fell, ein offenes Maul, ein Halsband um den gigantischen Nacken und große, dunkle Augen, in denen Mordlust stand.

Der Räuber, ein junger, dunkeläugiger Mann mit schwarzem Haar, hatte seine Hand noch auf dem Lichtschalter. Im nächsten Augenblick zersplitterten der Türrahmen und die Wand um ihn herum, und er fand sich auf dem Boden wieder – über sich einen Kodiakbären.

Eilig kroch Elizabeth zu ihrem Schreibtisch, griff sich das Pfefferspray, das sie in einer Schublade aufbewahrte, und zog gleichzeitig das Handy aus der Hosentasche. Sie drehte sich um, hielt dann aber inne und sah entsetzt zu, wie sich der junge Mann auf ihrem viktorianischen Teppich verzweifelt und ohne jede Chance gegen den gewaltigen Bären wehrte.

Aus der Waffe des Räubers löste sich mit einem lauten Knall ein Schuss. Elizabeth schrie, und der Bär brüllte, dass die Wände erzitterten. Blut spritzte auf den Boden.

Der Bär holte aus und hieb dem Räuber seine Pranke mit den fünfzehn Zentimeter langen Krallen ins Gesicht. Der Kopf des Kerls wurde herumgeschleudert, dennoch wehrte er sich weiter. Der Bär schlug noch einmal zu. Dieses Mal erschlaffte der junge Mann und sackte auf Elizabeth' Teppich zu einem unansehnlichen Haufen zusammen.

Der Bär kam auf die Füße, wandte den großen Kopf und blickte Elizabeth mit vor Wut geröteten Augen an.

Er war das größte Lebewesen, das sie je gesehen hatte. Auf allen Vieren hatte er etwa einen Meter achtzig Schulterhöhe, womit sich sein Kopf ein gutes Stück über Elizabeth befand. Sein Atem bildete Wölkchen zwischen den riesigen, scharfen Zähnen, und ein Brummen dröhnte in seiner Kehle. Während er sie unverwandt ansah, machte er mit einer seiner gewaltigen Pranken einen Schritt auf sie zu.

Elizabeth hob die Hand, zielte mit der Dose Pfefferspray auf sein Gesicht und verpasste ihm die volle Ladung.

Der Bär blinzelte, zog sich zurück, blinzelte wieder, setzte sich auf die Hinterbeine und legte den Kopf weit in den Nacken. Dann *nieste* er.

Das Geräusch explodierte im Zimmer wie ein Überschallknall, ließ die Papiere auf dem Schreibtisch vibrieren und rüttelte an den viktorianischen Drucken, die in ihren ordentlichen Rahmen an der Wand hingen.

Der Bär erhob sich auf die Hinterbeine und richtete sich immer weiter auf, drei Meter hoch ... vier ... viereinhalb. Er musste sich zusammenkauern, um nicht an die niedrige Decke zu stoßen. Gleichzeitig begann er zu schrumpfen, die Schnauze verkürzte sich – und glücklicherweise auch seine Zähne.

Nach ungefähr dreißig Sekunden war der Bär verschwunden, und ein Mann stand an seiner Stelle. Der Mann war genauso riesig wie der Bär – ein gutes Stück über zwei Meter mit schokoladenbraunem Haar, das kurz geschoren war, und Augen so dunkel wie die des Bären. Die Nase in seinem fast quadratischen Gesicht musste schon einmal gebrochen gewesen sein, und Kinn und Wangen waren mit leichten Stoppeln überzogen.

Auf seinem Arm hatte er eine blutige Schramme, wo ihn die Kugel gestreift hatte, aber sein Körper schien nur aus Muskeln zu bestehen. Elizabeth konnte kein Gramm Fett an ihm entdecken. Und sie sah *alles*, denn der Mann war nackt. Bis auf das Halsband, das geschrumpft war, bis es um seinen menschlichen Hals passte, trug der Bären-Mann nichts am Leib.

Er rieb sich die die tränenden Augen. „Scheiße." Seine dröhnende Stimme ließ ein bisschen Putz von der Decke auf ihn herunterrieseln, der sein Haar weiß färbte. „Das *juckt*."

Kapitel Zwei

Elizabeth Chapmans rot gesträhntes Haar war zerzaust und ihre blauen Augen angsterfüllt, als sie Ronan anschaute, aber sie hielt das Pfefferspray fest in der Hand.

„Wer sind Sie?", verlangte sie zu wissen.

„Ronan. Stets zu Diensten." Ronan hob die Hand in einem sarkastischen Salut. Blut tropfte aus der Schusswunde auf ihren hübschen Teppich. „Warum hast du mich mit dem Pfefferspray attackiert?"

Das besagte Pfefferspray bewegte sich nicht. „Warum sind Sie auf mich zugekommen, als ob Sie mich töten wollten?"

„Bin ich nicht. Ich habe gegen mein Halsband angekämpft und versucht zu verhindern, dass es auslöst. Es tut verdammt weh, wenn das passiert." Er streckte die Hand aus und senkte das Pfefferspray, ohne es ihr wegzunehmen. „Jetzt weiß ich aber, was dagegen hilft. Pfefferspray." Er schüttelte den Kopf. „Scheiße."

„Tut mir leid." Sie klang allerdings nicht so, als ob das tatsächlich der Fall wäre.

„Mach dir keine Sorgen, Schätzchen. Ich bin nur hinter den bösen Typen her." Verächtlich sah Ronan auf den Menschen hinab, der ausgestreckt auf dem mit Rosen gemusterten Teppich lag – einem Teppich, der jetzt einige zusätzliche rote Flecken aus Ronans Wunde abbekommen hatte. Bewusstlos sah der Räuber sehr jung aus.

Elizabeth zog Taschentücher aus einer Box auf ihrem Schreibtisch und reichte sie Ronan. „Er hat Sie angeschossen. Sie müssen ins Krankenhaus."

Ronan nahm die Tücher und wischte sich das Blut vom Arm. „Das ist nur ein Kratzer. In Krankenhäusern wissen sie nie, was sie mit Shiftern machen sollen. Rufst du die Polizei, bevor er zu sich kommt?"

Einen Moment starrte Elizabeth auf das Handy in ihrer Hand, als sei sie überrascht, es dort zu sehen, dann drehte sie sich um und wählte die Nummer.

Ronan hob die Pistole vom Boden auf und hielt sie zwischen Daumen und Zeigefinger. Er hasste Pistolen. Eigentlich alle Schusswaffen. Während Elizabeth noch mit dem diensthabenden Beamten in der Notrufzentrale sprach, führte er sie aus dem Büro, dann legte er die Pistole auf die Ladentheke und suchte seine Kleider.

Er fand seine Jeans, die er in eine Ecke geworfen hatte, und zog sie wieder an. Das Hemd, das er bei der schnellen Wandlung zerrissen hatte, war nicht mehr zu retten. Er wühlte in den Regalen und zog das größte T-Shirt heraus, das er finden konnte. Es war knallrot und trug vorn die Aufschrift: *Achtung: Red Hot Lover.*

Elizabeth hatte noch immer das Handy am Ohr. „Geht es Ihnen gut?", fragte sie Ronan mit einem Blick auf die Wunde.

Er zuckte mit den Schultern. „Wird schon wieder."

„Hier. Sie wollen nicht, dass ich auflege."

Elizabeth reichte ihm das Telefon, holte einige Papiertücher und den Erste-Hilfe-Kasten hinter der Theke hervor und tupfte behutsam das restliche Blut von seinem Trizeps. Ronan gefiel die sanfte Berührung ihrer schlanken Finger, mit denen sie einen Verband um die Wunde wickelte, er mochte den Geruch ihrer Haare. Erdbeeren und Honig. *Bären mögen Honig.*

„Danke", brummte er.

„Was haben Sie überhaupt hier gemacht?", fragte Elizabeth und schloss den Erste-Hilfe-Kasten.

„Eingekauft. Das hier ist ein Geschäft. Ich brauche ein Geburtstagsgeschenk."

„So spät noch?" Es war fast Mitternacht.

„Vorher hatte ich keine Zeit." Er knurrte ins Telefon. „Hey, kommt ihr Typen jetzt endlich mal? Die Dame sollte nach Hause gehen dürfen."

Wie zur Antwort darauf blinkten draußen rote und blaue Lichter auf, und der Laden füllte sich mit Polizisten und Sanitätern. Sie fanden den Weg ins Büro und entdeckten den ohnmächtigen Räuber. Die Sanitäter trugen ihn hinaus.

Eine Polizistin, deren Gesicht verriet, dass mit ihr nicht zu spaßen war, das schwarze Haar zu einem festen Knoten zurückgebunden, händigte ihrem Kollegen die Pistole des Jungen und die Schultertasche mit Elizabeth' Geld aus und blieb zurück, um Fragen zu stellen. Als Elizabeth beschrieb, was passiert war, beäugte die Polizistin Ronan voller Misstrauen.

„Name?", fragte sie.

„Ronan."

„Ronan was?"

„Nur Ronan. Bären haben keine Nachnamen."

Die Polizistin hatte ein glattes Gesicht und kalte, schwarze Augen. „Sie sind ein Shifter", stellte sie fest.

„Ja." Ronan blickt zu Elizabeth, deren Lippen zu blass aussahen. „Kann sie nach Hause gehen? Sie ist ziemlich mitgenommen."

„Nachdem sie ihre Aussage gemacht hat. Sie auch, Shifter. Ich möchte, dass Sie mitkommen."

Sie steckte ihr kleines Notizbuch weg und zog ein Paar Handschellen hervor. Es waren große Handschellen, und Ronan erkannte an den Markierungen, dass sie Feenmagie trugen und dazu gedacht waren, Shifter unter Kontrolle zu halten.

„Was machen Sie da?", fragte Elizabeth mit großen Augen. „Ronan hat mich nicht ausgeraubt. Er hat mir geholfen."

„Er ist ein Wandler", sagte die Frau. „Er hat einen Menschen angegriffen, und dieser muss ins Krankenhaus. Das ist Körperverletzung und für Shifter ein Kapitalverbrechen. Ich muss ihn verhaften." *Gesetz ist Gesetz*, schienen ihre Augen zu sagen.

„Sie meinen, dass er einen Menschen angegriffen hat, der mich töten wollte", entgegnete Elizabeth hitzig. „Wenn Ronan nicht gewesen wäre, wäre ich tot."

Die Polizistin zuckte mit den Schultern. „Wenn Sie mit auf die Wache kommen und zu seinen

Gunsten aussagen möchten, steht Ihnen das frei. Aber ich muss ihn mitnehmen."

Ronan sah die Unentschlossenheit in Elizabeth Chapmans Blick. Es war nicht ihr Kampf. Sie wollte nach Hause und den Einbruch so schnell wie möglich vergessen. Ronan wusste nicht, was Menschenfrauen unternahmen, um sich besser zu fühlen, aber Cherie, das weibliche Wandlerjunge, das in seinem Haushalt lebte, badete gerne eine Ewigkeit, wenn sie gestresst war. Was oft der Fall war, nach allem, was sie mitgemacht hatte.

Ronan stellte sich Elizabeth in einer Badewanne vor, ihr kurvenreicher Körper voller Schaum, das schwarze Haar nass. Er wettete, dass sie süß aussah, wenn ihr Haar nass war und stachelig vom Kopf abstand.

Die Polizistin schloss die Handschellen hinter Ronans Rücken um seine Handgelenke, und die angenehme Vision verflüchtigte sich, als er das Brennen der Feenmagie spürte. Selbst der leichte Schmerz drang in seine Nervenbahnen und versuchte, seinem Halsband einen Funken zu entlocken. Als er das Gesicht verzog, wirkte Elizabeth besorgt, doch Ronan schüttelte den Kopf.

„Mach dir keine Sorgen meinetwegen, Lizzie-Girl. Aber tu mir einen Gefallen. Finde eine Anwältin namens Kim Fraser. Sie ist die Gefährtin von Liam Morrissey in Shiftertown. Die beiden wohnen direkt neben Glory. Ich weiß, dass du Glory kennst, sie kommt dauernd hierher. Erzählst du Kim bitte, was passiert ist?"

Kim, eine Menschenfrau, hatte eine Anwaltskanzlei eröffnet, die darauf spezialisiert war, Shiftern juristischen Beistand zu leisten. Da die von den Menschen erlassenen Gestaltwandlergesetze kompliziert und restriktiv waren, brauchten sie alle Hilfe, die sie bekommen konnten.

„Okay?", fragte Ronan und sah Elizabeth fest an. „Erzählst du es ihr?"

Elizabeth presste die schmalen Hände zusammen und hielt sie sich unters Kinn. Es war menschliche Körpersprache, die sagte: *Ich weiß nicht, was das Richtige ist.*

„Du kannst sie anrufen, wenn du nicht nach Shiftertown fahren möchtest", sagte Ronan. „Ihre Visitenkarte ist in meiner Tasche."

Weil Ronans Hände hinter seinem Rücken gefesselt waren, trat Elizabeth einen Schritt vor. Die Polizistin sagte nichts und unternahm auch nichts, um sie aufzuhalten. Sie beobachtete die beiden nur und schien bereit, einzugreifen, falls einer von ihnen eine Dummheit beging.

Elizabeth' Haar roch gut. Der Rest von ihr auch. Ronan konnte noch die Angst des Überfalls an ihr wahrnehmen, überlagert vom ihrem warmen, ganz eigenen Geruch. Darunter lag die Sorge um jemand anderen. Es waren mehrere Geruchsschichten, die ihm alles über sie verrieten.

Er mochte die roten Strähnen, die sie sich ins Haar gefärbt hatte. Aufsässigkeit, das war es, was sie bedeuteten. Elizabeth schien eine gute Geschäftsfrau zu sein, die sich an die Regeln hielt, aber diese Strähnen sagten, sie konnte auch durchtrieben sein, wenn sie wollte. Vielleicht waren sie auch eine Erinnerung an die Zeit, als sie nicht auf dem Pfad der Tugend gewandelt war. Ronan hätte nichts dagegen gehabt, einen Blick auf eine knallharte Elizabeth zu erhaschen.

Elizabeth schob die Finger in Ronans Jeanstasche. Schnell und sicher und ohne ihn zu berühren, zog sie Kims Visitenkarte heraus. Die Bewegung wirkte geübt, als hätte sie viel Erfahrung darin, Dinge aus anderer Leute Tasche zu ziehen. *Fachmännisch* war das richtige Wort. Interessant.

„Ich werde sie anrufen", sagte Elizabeth, die Karte in der Hand. „Aber ich komme mit auf die Wache", teilte sie der Polizistin mit. „Er hat mir geholfen, und es ist nicht fair, dass er verhaftet wird, weil ein Junge aus einer Gang versucht hat, mich zu ermorden."

Die Polizistin zuckte mit den Schultern. „Wie Sie wollen. Na los, Shifter."

Ronan zwinkerte ihr zu, während die Polizistin seinen Arm in einen routinierten Griff nahm und ihn aus der Tür schob. „Ich mag dich, Menschenfrau", sagte er zu Elizabeth. „Dann sehen wir uns also in der Stadt."

***

Elizabeth rief ihre Schwester Mabel an und versicherte ihr, dass es ihr gut ging. Dann erreichte sie Kim Fraser am Telefon und berichtete ihr, was passiert war.

Anschließend fuhr sie mit ihrem kleinen Pick-up in die Stadt und folgte den Polizisten zum Gefängnis- und Gerichtsgebäude. Sie empfand es als ironisch, dass sie ihr Auto auf einem heruntergekommenen Parkplatz abstellen musste, auf dem ein Schild *Parken auf eigene Gefahr* verkündete, während man jene, die in dieser Nacht festgenommen wurden, sicher durch die Vordertür ins Innere brachte.

Auf der Wache machte Elizabeth eine offizielle Aussage bei der Polizistin. Dann wurde sie angewiesen, im Wartezimmer Platz zu nehmen, bis jemand sie zu Ronans Anhörung abholen würde. Sie hatte nicht erwartet, dass die Anhörung noch in derselben Nacht stattfinden würde, nicht um diese Uhrzeit. Aber offensichtlich wurden Shifter von der zuständigen Behörde so schnell wie möglich abgefertigt.

Also wartete Elizabeth. Um sie herum wurden die Festgenommenen dieser Nacht hereingeführt – von Exhibitionismus über Autodiebstahl bis hin zu bewaffnetem Überfall war alles dabei. Hier im Herzen von Texas, in einer dicht besiedelten Region, reichte die Bandbreite der Verhafteten von Männern mit zotteligem Haar, Baseballmützen und starkem südtexanischem Akzent oder Spanisch sprechenden Jugendlichen, die mit einer Mischung aus Rebellion und Angst um sich starrten, bis hin zu Prostituierten in aufreizender Kleidung, Haaren in jeder denkbaren Farbe und Shorts, die kaum ihren Hintern bedeckten.

Auf dieser Wache war Elizabeth noch nie gewesen, aber sie fand sie alle gleich schrecklich. Und es roch auch überall gleich: nach angebranntem Kaffeesatz, Schweiß und Bodenreiniger mit einer Lage abgestandenem Zigarettenrauch darüber. Rauchen war hier zwar nicht mehr gestattet, aber der Geruch haftete an den Kleidern der Leute, die ein- und ausgingen.

Nie wieder, hatte sie sich Mabel zuliebe geschworen. Sie hatte schon fast befürchtet, dass die Polizistin eine Suchanfrage zu ihrem Namen durchführen würde, aber selbst dann hätte sie nichts gefunden. Elizabeth Chapman war nicht vorbestraft und hatte keine Verbindungen zu jemandem, der es war. Dafür hatte sie gesorgt.

Nach einer ziemlich langen Zeit blieb ein großer, dunkelhäutiger Gerichtsdiener vor ihr stehen und verkündete mit dröhnender Stimme: „Ms Chapman? Kommen Sie mit."

Elizabeth sprang auf und folgte dem Mann, aber sie musste fast rennen, um mit seinen langen Beinen Schritt zu halten. „Wohin gehen wir?"

„Zur Anhörung des Gestaltwandlers", war alles, was er antwortete.

Er führte sie durch eine Tür und einen gespenstisch verlassenen Gang entlang. An dessen Ende schob er den Riegel einer bestimmt dreißig Zentimeter dicken Stahltür zurück und schloss sie auf. Sie betraten einen weiteren, kürzeren Korridor, der vielleicht eineinhalb Meter lang war und keinen anderen Ausgang als die Tür auf der gegenüberliegenden Seite besaß.

Warum erinnerte all das Elizabeth an die Käfigsysteme im Zoo? Die Sorte mit zwei Türen und einem Raum dazwischen, in dem ein Tier beim Fluchtversuch eingefangen werden konnte. Der Gerichtsdiener schloss die zweite Tür auf, ebenfalls aus dreißig Zentimeter dickem Stahl, und schob Elizabeth in einen länglichen, schmalen Gerichtssaal.

Dieser Verhandlungsraum war anders als alle, die Elizabeth kannte – dabei hatte sie in ihrer bewegten Jugend leider eine ganze Reihe davon gesehen. Am Kopfende des Raums befand sich, fast zwei Meter über dem Boden, die Richterbank. Vorne war sie mit Eisenstangen eingefasst, die vom Boden bis zur Decke reichten. Gerade kam eine Frau in Robe durch eine Tür herein, die direkt hinter der Bank lag. Bank,

Tür und Richterin waren für niemanden im Gerichtssaal zu erreichen.

Ronan saß im rechten Winkel zum Rest des Raums auf einem großen Metallstuhl unter der Richterbank. Die Hände waren jetzt vor seinem Körper gefesselt und die Handschellen über eine Kette und einen Ring mit dem schweren Stuhl verbunden, der wiederum am Boden festgeschraubt war.

Der Gerichtssaal war schmucklos, es gab keine Wandvertäfelung, keine schweren Holztische oder geschnitzten Bänke, nur gewöhnlichen Linoleumboden, weiße Wände und im vorderen Bereich zwei schlichte Metallbänke. Auf der rechten Seite hockte ein nervös wirkender Mann im Anzug, vermutlich der Staatsanwalt. Zur Linken saßen nebeneinander ein Mann und eine Frau.

Die Frau war ein Mensch mit kurzem, dunklem Haar, Blazer, Rock und Aktentasche. Ihr zugeknöpfter Look schrie förmlich „Anwältin", auch wenn sie Sandalen an den nackten Füßen trug statt Strumpfhosen und Pumps.

Der Mann neben ihr war ein Shifter, daran bestand kein Zweifel. Dunkles Haar, Augen in einem unglaublichen Blauton, und er trug ein Halsband. Lässig zurückgelehnt saß er auf der Bank und beobachtete alle Personen im Raum, auch die Richterin, mit einer Ausstrahlung, als wäre er es gewohnt, Befehle zu erteilen.

Die meisten Leute waren der Ansicht, dass Gestaltwandler eine Bedrohung für die Menschen darstellten. Als sie diesen Mann musterte, verstand Elizabeth endlich, warum das so war. Ronan war riesig und muskelbepackt, aber dieser Shifter, obwohl längst nicht so groß wie Ronan, strahlte eine starke Präsenz aus, die von Macht zeugte. Dass er ein Halsband trug, machte keinen Unterschied – er konnte gefährlich werden, und er wollte, dass sich jeder in seiner Nähe dessen bewusst war.

Ronan sah Elizabeth und hob die gefesselten Hände zum Gruß. Er schien von allen im Raum der Ruhigste zu sein, auch wenn man ihn wie ein gefährliches Tier behandelte.

Sicher, Elizabeth hatte Ronan als großen, angsteinflößenden Bären gesehen. Selbst jetzt sah er furchterregend aus mit seinem kurz geschorenen Haar, den funkelnden Augen und den Muskeln, die sich unter dem *Red Hot Lover*-T-Shirt wölbten. Aber er nickte ihr zu – aus Dankbarkeit, vermutete sie, weil sie Kim angerufen hatte und selbst hergekommen war.

Der hochgewachsene Gerichtsdiener verschloss mit laut klirrenden Schlüsseln die Tür. Die Richterin schlug einmal mit ihrem Hammer auf den Tisch. „Die Vertreter von Anklage und Verteidigung werden gebeten, vorzutreten."

Das war alles. Anscheinend würde sonst niemand an dieser Anhörung teilnehmen, keine Gerichtsschreiber, keine weiteren Zeugen. Vielleicht wurde die Sitzung anders dokumentiert, aber Elizabeth kannte sich hier nicht aus. Vielleicht wurden von den Gerichtsverhandlungen der Shifter auch gar keine Aufzeichnungen gemacht.

Als Kim und der Staatsanwalt sich erhoben und selbstbewusst auf die Richterin zutraten, sagte der Gerichtsdiener zu Elizabeth: „Setzen Sie sich dort hin."

Er zeigte auf den Platz neben Kims Gestaltwandler. Der Shifter richtete sich aus seiner zurückgelehnten Position auf und klopfte neben sich auf die Bank. Sein Lächeln war charmant, aber auch raubtierhaft, und ihm schien nichts zu entgehen. Als Ronan Elizabeth' besorgten Blick bemerkte, nickte er ihr nochmals zu.

Elizabeth ging zu der Bank. Der Wandler erhob sich, obwohl sowohl die Richterin als auch der Gerichtsdiener ihm böse Blicke zuwarfen, und streckte die Hand aus. „Ich bin Liam Morrissey", sagte er. „Und du bist Elizabeth?"

„Elizabeth Chapman. Ich habe Ihre Frau angerufen."

„Sie ist meine Gefährtin." Liam nahm Elizabeth' Hand zwischen seine beiden, sodass er ihre Finger warm umschloss. Liam Morrissey war der Anführer der Shiftertown von Austin, so viel wusste Elizabeth. Er und seine Frau – nein, seine *Gefährtin* – Kim waren die Vermittler zwischen Shiftern und Menschen. „Keine Sorge, Mädchen", sagte Liam. „Beantworte einfach die Fragen der Richterin und sag die Wahrheit. Den Rest erledigt Kim."

Der Druck seiner Hände und der selbstbewusste Ausdruck in seinen Augen zusammen mit dem irischen Akzent waren besänftigend und beruhigend. Elizabeth stellte fest, dass sie nickte und ihm versprechen wollte, ihr Bestes zu tun.

Von der anderen Seite des Raums bemerkte Ronan: „Du kannst sie jetzt wieder loslassen, Liam."

Liams Lächeln wurde breiter, aber er ließ Elizabeth' Hand tatsächlich los. „Ich glaube, du wirst ein wenig zu besitzergreifend, mein Freund", sagte er zu Ronan.

„Ich glaube, dass sie eine anstrengende Nacht hatte", knurrte Ronan. „Und dass ich deinen Kopf mit einer Hand zerquetschen kann."

„Halt die Klappe, Bär. Ich bin an eine Gefährtin gebunden. Von mir hast du keine Konkurrenz zu erwarten."

Donnernd erklang der Hammer der Richterin. „Der Angeklagte hat zu schweigen", befahl sie in scharfem Ton. Ronan und Liam verstummten, aber keiner von beiden sah besonders reumütig aus.

Die Shifter haben hier die Kontrolle, wurde Elizabeth klar. *Nicht die Richterin, nicht der Gerichtsdiener, nicht der Staatsanwalt. Liam und Ronan sitzen zwar im Käfig, aber sie haben hier die Oberhand.*

„Der Angeklagte möge vortreten", sagte die Richterin.

Der Gerichtsdiener löste Ronans Handschellen vom Stuhl, half ihm beim Aufstehen und führte ihn nach vorn. Kim trat an Ronans Seite. Sie sah nicht besonders besorgt aus, wohingegen der Staatsanwalt den Blick auf seine Unterlagen gerichtet hielt, als Ronans massige Gestalt neben ihm stehen blieb.

„Die Anklage lautet Angriff mit Tötungsabsicht auf einen Menschen", sagte die Richterin. Sie hatte dunkles, allmählich ergrauendes Haar, ein Gesicht wie eine Dörrpflaume und eine ausdruckslose Stimme. „Wie plädiert der Angeklagte?"

„Er plädiert auf mildernde Umstände", erwiderte Kim. „Und der Tötungsvorsatz ist nicht im Festnahme-Protokoll festgehalten. Der betroffene Mensch war mit einer geladenen Neun-Millimeter-Pistole bewaffnet. Mein Mandant hat die Besitzerin des Ladens verteidigt, den der Jugendliche ausrauben wollte, und wurde dabei von ihm angeschossen."

Die Richterin beäugte Kim mit schlecht verhohlener Abneigung. „Ich habe nach dem Plädoyer gefragt, nicht nach der Verteidigung. Sie werden gleich noch die Möglichkeit erhalten zu sprechen. Anklage?"

Endlich sah der Staatsanwalt von seinen Papieren auf. „Das Opfer Julio Marquez wird im Krankenhaus wegen Krallenwunden behandelt. Nach Aussage von Mr Marquez wurde er in Mrs Chapmans Laden auf der South Congress Street von einem Bären angefallen. Aus Angst um sein Leben hat Mr Marquez geschossen, den Bären aber verfehlt. Der Bär hat Mr Marquez dann erneut angegriffen, woraufhin Mr Marquez das Bewusstsein verlor. Laut Mr Marquez hatte er das Geschäft nach einer Wette mit seinen Freunden betreten und mit einer Waffe herumgefuchtelt. Der Bär hat ihn aus dem hinteren Bereich des Ladens angegriffen, wo Mr Marquez ihn zuvor nicht bemerkt hatte."

Elizabeth sprang auf. „So war es nicht!" Eine Wette mit Freunden? Auf keinen Fall. Sie hatte in die kalten, harten Augen des Jungen geblickt und darin eine Wut gesehen, die nicht zu seiner Jugend passte. Sie kannte diese Wut. Julio Marquez war ein überaus gefährlicher junger Mann.

Die Richterin knallte mit dem Hammer. „Ms Chapman, setzen Sie sich, oder Sie werden wegen Missachtung des Gerichts zu einem Bußgeld verurteilt."

Der Staatsanwalt blätterte durch seine Akten. „Mr Marquez' und Ms Chapmans Aussage stimmen nicht völlig überein, aber beide sind sich einig, dass der Bär Mr Marquez angegriffen hat."

„Weil Marquez mich mit vorgehaltener Pistole in mein Büro gedrängt hatte", rief Elizabeth.

Ein weiterer stählerner Blick von der Richterin. „Sie werden noch aufgerufen, um Ihre Version der Ereignisse zu schildern, Ms Chapman. Setzen Sie sich hin."

„Setz dich, Liebes", flüsterte Liam. „Kim wird sich darum kümmern."

Er klang zuversichtlich. Elizabeth sank auf die Bank, und Liam nickte ihr zu. *Braves Mädchen.* Ronan warf ihr über die Schulter einen beruhigenden Blick zu.

Selbst Kim wirkte nicht im Geringsten besorgt. „Die Zeugin ist verständlicherweise angespannt, Euer Ehren", sagte sie. „Es ist spät, und sie hat eine furchtbare Erfahrung hinter sich."

Die Richterin konnte Kim Fraser wirklich nicht leiden. *Weil sie einen Shifter verteidigt?*, fragte sich Elizabeth. Oder weil sie einen geheiratet hatte?

Der Staatsanwalt mischte sich ein. „Vielleicht sollte Ms Chapman erlaubt werden, ihre Aussage zu machen, damit sie nach Hause gehen kann."

Bei den Worten des Staatsanwalts wurde die Miene der Richterin weicher. Der Mann war auf eine aalglatte Art gutaussehend. *Was für eine Hexe.*

„Natürlich", sagte die Richterin. „Ms Chapman?"

In diesem Moment klingelte Elizabeth' Handy. Sie war überrascht, dass sie hinter all diesen Stahltüren überhaupt Empfang hatte. Auf ihrem Display erschien Mabels Name.

„Handys müssen hier ausgeschaltet sein", fuhr die Richterin sie an.

„Diesen Anruf muss ich entgegennehmen. Es ist meine kleine Schwester. Sie ist allein zu Hause und macht sich Sorgen."

Die Richterin sah aus, als sei ihr so etwas noch nie passiert. „Aber dann draußen."

Der Gerichtsdiener schloss ihr die Tür auf, und Elizabeth eilte hinaus. Liam folgte ihr leise.

„Mabel? Ich kann jetzt nicht reden, Liebling. Ich bin im Gericht."

Mabels panische Stimme unterbrach sie. „Lizzy, da draußen sind Männer, die versuchen, ins Haus zu kommen. Eine ganze Menge Männer. Und sie haben Waffen. Ich weiß nicht, was ich tun soll. Ich habe solche Angst."

Kapitel Drei

„Ruf die Polizei", schrie Elizabeth ins Handy, Angst durchströmte sie. „Ruf sie sofort an."

„Das habe ich schon versucht. Da geht niemand ran."

„Dann versteck dich. Ich bin in einem Gerichtsgebäude. Ich werde ..."

Elizabeth hätte vor Schreck beinahe aufgeschrien, als Liam Morrissey ihr das Telefon einfach aus der Hand nahm. „Mabel? Hier ist Liam Morrissey. Ich bin Connors Onkel, ganz genau. Mach dir keine Sorgen, Mädchen. Ich kümmere mich darum. Duck dich hinter ein Bett und bleib da, geh nicht in die Nähe der Fenster. Meine Jungs werden gleich bei euch sein, noch bevor du bis zehn zählen kannst. Okay?"

Er legte auf und wählte mit einer Leichtigkeit, die lange Übung verriet, eine andere Nummer. Während Elizabeth mit offenem Mund dastand, sprach Liam leise ins Handy. „Sean, hol Dad und Spike, ihr müsst zur fünfunddreißigsten Straße, in der Nähe der

Schnellstraße. Mabel Chapman. Da sind bewaffnete Einbrecher vor dem Haus. Macht euch sofort auf den Weg."

Wer auch immer am anderen Ende war, legte auf, aber Liam gab ihr das Telefon nicht zurück. „Mach dir keine Sorgen. Mein Bruder wird sich um deine Schwester kümmern. Lass uns zurückgehen und Ronan loseisen."

Elizabeth bewegte sich nicht. „Ich kann nicht. Ich muss nach Hause."

Liam legte ihr eine Hand auf die Schulter. „Wenn du nach Hause gehst, gerätst du nur selbst in Gefahr. Mein Bruder und meine Tracker können Mabel besser helfen als die Polizei. Meine Tracker hält niemand auf, Mädchen. Niemand. Komm schon."

Liam beherrschte die Kunst, einem die Sorge zu nehmen. Trotz der Angst, die ihr fast den Magen umdrehte, ließ Elizabeth sich von ihm an dem Gerichtsdiener vorbei zurück in den Gerichtssaal führen.

„Oh, wie ich sehe, sind Sie noch hier, Ms Chapman", stellte die Richterin sarkastisch fest. „Wie schön. Bitte treten Sie vor, und lesen Sie die Worte auf der Karte vor."

Elizabeth versprach, die Wahrheit und nichts als die Wahrheit zu sagen, so wahr ihr Gott helfe. Dann erzählte sie ihre Geschichte, unterbrochen von Fragen des Staatsanwalts. Ihr war, als spielte sie in einem Theaterstück mit, ohne den Text zu kennen. Aus den Formulierungen des Staatsanwaltes schloss sie, dass er etwas Bestimmtes von ihr hören wollte. Ronan, der wieder in seinem Stuhl saß, beugte sich vor, legte die Arme auf die Knie und beobachtete sie.

Während Elizabeth die Fragen beantwortete, nagte die Angst um Mabel an ihr. Liam hatte noch immer ihr Handy. Von Zeit zu Zeit blickte er mit grimmigem Gesicht darauf.

Elizabeth kam zitternd zum Schluss ihrer Geschichte. „Daher weiß ich, dass Marquez mich umgebracht hätte, wenn Ronan nicht gewesen wäre."

„Aber das wissen Sie nicht wirklich", erwiderte der Staatsanwalt auf seine herablassende Art. „Das ist nur das, was Sie vermuten."

Jetzt reichte es. Ihr riss der Geduldsfaden. „Wissen Sie, ich bin mit Jungs wie Marquez aufgewachsen", sagte sie. „Schuldbewusstsein und Gewissen haben sich bei ihm schon vor langer Zeit verabschiedet. Er denkt nur noch in *Wenn-dann-*Sätzen. *Wenn* ich ihn identifizieren könnte, *dann* erschießt er mich. Ich war schon tot, als er durch die Tür kam. Das ist alles, was ich dazu zu sagen habe."

Der Staatsanwalt zuckte der Richterin gegenüber entschuldigend mit den Schultern. „Es ist nach wie vor nur ihre persönliche Meinung."

In dem Moment stand Liam auf und ging zur Tür. Er redete kurz mit dem Gerichtsdiener, der zwar nicht glücklich aussah, ihn aber hinausließ.

„Hat die Verteidigung Fragen an die Zeugin?", wollte die Richterin wissen.

Bis jetzt hatte Kim mit ruhigem Blick zugehört und keine Einsprüche gegen irgendetwas erhoben, das der Staatsanwalt gesagt hatte. Elizabeth hatte schon früher vor Gericht gestanden, manchmal auch als Angeklagte. An den Suggestivfragen des Staatsanwalts hätte eine gute Anwältin so einiges auszusetzen gehabt.

„Ich habe nur eine Frage, Euer Ehren", antwortete Kim. Sie drehte sich zu Elizabeth um. Ihre Miene war ausdruckslos und professionell. „Ms Chapman, sagen Sie, wurde zu irgendeinem Zeitpunkt vor, während oder sogar nach dem Handgemenge Ronans Halsband ausgelöst?"

Liam kam zurück in den Saal. Hinter dem Rücken des Gerichtsdieners zeigte er Elizabeth einen erhobenen Daumen, um sie wissen zu lassen, dass es Mabel gut ging. Vor Erleichterung drohten ihr die Knie nachzugeben. Aber was hatte Liam unternommen?

„Ms Chapman?", fragte Kim wartend.

„Äh ... ausgelöst? Was bedeutet das?"

„Wenn ein Shifter versucht, jemanden anzugreifen, erhält er von seinem Halsband Elektroschocks. Es ist sehr leicht zu erkennen. Man sieht einen weiß-blauen Lichtring, der sich über das gesamte Halsband erstreckt und Funken sprüht wie diese Plasmalampen. Das Halsband verursacht dem Shifter immensen Schmerz und stoppt ihn. Die Halsbänder sind darauf programmiert, die Tötungsinstinkte des Shifters zu unterdrücken."

Elizabeth spulte die Szene in Gedanken noch einmal ab und erinnerte sich an die lautlose Geschwindigkeit, mit der Ronan durch die Tür ihres Büros gestürmt war. Sie schloss die Augen und zwang sich, jedes Detail genau vor sich zu sehen. Ronans riesiges Gesicht, das Halsband an seinem breiten Nacken, die Kraft des gigantischen Körpers, als er Marquez zu Boden warf.

Sie öffnete die Augen. „Nein. So etwas habe ich nicht gesehen. Der Schuss ging los und traf Ronan, aber sein Halsband hat nie geleuchtet. Ich glaube,

Ronan hat lediglich versucht, dem Jungen die Waffe wegzunehmen."

Kim wandte sich wieder zur Richterin. Sie sah noch genauso professionell aus wie zuvor, aber in ihren Augen blitzte ein triumphierender Funke. „Es gibt Unmengen wissenschaftlicher Daten dazu, warum Shifter keinen Akt der Gewalt begehen können, wenn sie ein Halsband tragen. Wenn das Halsband in Ms Chapmans Geschäft nicht ausgelöst wurde, bedeutete das, dass mein Mandant Marquez gegenüber keine bösen Absichten hatte. Mein Mandant hat die Gefahr für Ms Chapman erkannt und ist eingeschritten, damit sie nicht verletzt wurde. In dem Handgemenge, mit dem Marquez vom Gebrauch der Waffe abgehalten werden sollte, verlor dieser das Bewusstsein. Wenn mein Mandant die Absicht gehabt hätte, ihn zu verletzen oder zu töten, hätte das Halsband selbst einem großen starken Mann wie ihm heftige Schmerzen zugefügt." Kim schritt auf die Richterbank zu, stellte sich auf die Zehenspitzen und legte der Richterin einen dicken Ordner vor. „Hier sind einige der vielen Studien über Halsbänder. Ich kann mehr davon einreichen, wenn Euer Ehren weitere benötigen."

Die Richterin sah verärgert aus. Sie klappte den Ordner auf, klappte ihn wieder zu, warf Kim einen bösen Blick zu und Ronan einen noch böseren.

„Ich lasse Ihren Mandanten gehen", verkündete sie. „Nicht, weil Sie ein gutes Argument vorgebracht hätten, Ms Fraser, sondern unter anderem deshalb, weil Marquez schon früher wegen bewaffneten Überfalls festgenommen wurde und weil auch Ms Chapmans Geschichte plausibel klingt. Doch vor allem, weil es spät ist und ich Sie alle aus meinem

Gerichtssaal haben möchte. Aber ich ordne an, Mr Ronan, dass Sie Shiftertown einen Monat lang nicht verlassen dürfen. Ich möchte, dass Sie sich von Menschen fernhalten, verstehen Sie mich? Wenn Sie Shiftertown verlassen, werde ich Sie vor meine Richterbank schleifen lassen, und dann werden Sie hier nicht wieder einfach so herausspazieren."

„Entschuldigen Sie bitte, Euer Ehren." Liam Morrissey strahlte sie mit seinem charmanten Lächeln an. „Ronan arbeitet außerhalb von Shiftertown, direkt vor den Toren, um genau zu sein. Er arbeitet für mich, und von seinem Gehalt ernährt er drei Kinder. Für seine Familie wäre es ein harter Schlag, wenn er nicht mehr zur Arbeit gehen könnte."

„Na schön." Die Richterin runzelte die Stirn, aber selbst sie war nicht immun gegen Liams Lächeln. „Er geht zur Arbeit und dann direkt wieder nach Hause. Als hätte er Hausarrest. Ich mache Sie dafür haftbar." Die Richterin zeigte mit ihrem Hammer auf Liam und hieb dann damit auf den Tisch. Mit wogender Robe stand sie auf und stolzierte zur Tür hinaus, die hinter ihr zuknallte.

Elizabeth' Bedürfnis, Liam zu fragen, was in ihrem Haus passiert war, wurde immer drängender. Allerdings musste sie warten, bis der Gerichtsdiener Ronan von seinen Handschellen befreit und die Türen aufgeschlossen hatte, damit sie hinaus konnten. Sowohl Ronan als auch Kim mussten Papiere unterschreiben, bevor sie das Gerichtsgebäude verließen. Alle zusammen traten sie hinaus auf die dunkle Straße.

„Was ist mit meiner Schwester?", schrie Elizabeth Liam förmlich an, sobald sie sich von der Eingangstür entfernt hatten.

Ronan legte ihr eine große Hand auf die Schulter, aber sie war nicht schwer, sondern vielmehr beruhigend. Kim ging auf der anderen Seite neben ihr.

„Mabel geht es gut, Mädchen", versicherte ihr Liam. „Mein Bruder und mein Dad waren rechtzeitig dort. Die beiden und meine Tracker haben die Bösewichte vertrieben."

„Was für Bösewichte? Warum haben sie versucht, in mein Haus einzubrechen?"

Sie folgten der Straße zu dem fast verlassenen Parkplatz, der einen halben Block entfernt lag. Hier standen nur zwei Fahrzeuge: Elizabeth' kleiner Pick-up und eine schnittige Harley.

„Keine Ahnung", erwiderte Liam. „Sean hat mir nur gesagt, dass deine Schwester in Sicherheit ist und dass die Tracker sich ein wenig umgesehen und nach Spuren gesucht haben."

„Tracker. Du hast das schon ein paarmal gesagt. Was für Tracker?"

„Die Tracker arbeiten für Liam", erklärte Ronan. „Sie sind Leibwächter, Spurensucher, Krieger. Manche von ihnen sind totale Idioten, aber in ihrem Job sind sie die Besten."

„Mabel wird nichts passieren, solange meine Tracker auf sie aufpassen", versicherte ihr Liam. „Das verspreche ich dir."

Elizabeth schloss einen Moment lang erleichtert die Augen. „Danke, Mr Morrissey."

„Ja, danke, Liam", sagte Ronan. „Und dir auch, Kim, dir gilt mein Dank ganz besonders."

Ronan schob Liam aus dem Weg und schloss Kim fest in die Arme. *Eine Bärenumarmung*, dachte Elizabeth und kam sich ein wenig hysterisch vor. Während Kim die Umarmung erwiderte, stand Liam ruhig daneben. Es schien ihm nichts auszumachen, dass der große Mann seine Frau in den Armen hielt.

Kim tätschelte Ronan den Rücken. „Gern geschehen, Großer. Darf ich jetzt wieder atmen?"

Ronan ließ sie los und trat einen Schritt zurück. Dann drehte er sich zu Elizabeth' Erstaunen um und umarmte Liam genauso. Mit großen Augen sah Elizabeth zu, wie Liam die Arme um den größeren Mann schloss und ihn an sich zog.

„Man gewöhnt sich mit der Zeit daran", bemerkte Kim. Beim Lächeln kräuselte sich ihre Nase. „Mehr oder weniger."

Liam und Ronan lösten sich voneinander, und Liam zog seine Frau – nein, seine *Gefährtin* – an sich. An diesen Ausdruck würde sich Elizabeth niemals gewöhnen. Er umarmte Kim und küsste sie auf den Mund, dann drehte er sich zu Elizabeth und Ronan um, ohne Kim loszulassen.

„Bring sie nach Hause, Ronan."

„Was? Aber das kann er nicht. Er hat vor zehn Minuten Hausarrest bekommen. Das bedeutet, dass er nicht quer durch die Stadt zu meinem Haus fahren darf."

Ronan stellte sich direkt vor Elizabeth. Sie konnte seine Körperwärme spüren, erinnerte sich an das Gefühl, wie ein mächtiger Bär in einem heftigen und tödlichen Angriff an ihr vorbeigeeilt war. Heute Abend hatte Ronan ihr das Leben gerettet. Sein Halsband hatte nicht ausgelöst. Doch ganz gleich, was Elizabeth dem Richter erzählt hatte, sie hatte die

Lust zu töten schon früher in den Augen von Männern gesehen, und genau das hatte sie bei Ronan auch erkannt.

„Auf Liams Harley ist kein Platz für mich", sagte Ronan. „Ich werde bei dir mitfahren müssen."

Liam und Kim waren bereits auf das Motorrad gestiegen und überließen es Ronan und Elizabeth, die Sache zu organisieren.

„Na schön, das stimmt schon", räumte sie ein. „Aber ich bringe *dich* zurück nach Shiftertown, und dann fahre ich selbst nach Hause."

„Wie du willst." Ronan streckte die Hand aus. „Schlüssel."

„Was? Nein. Ich bin doch nicht betrunken." *Noch nicht jedenfalls.*

„Nach der Nacht, die du gerade hinter dir hast? Nein, nein. Ich fahre dich nach Hause."

Elizabeth fühlte sich krank und kaputt, ihr Kopf tat weh, und ihre Augen schmerzten. Sie brauchte jede Menge Wasser, ein langes Bad, eine heiße Milch und eine ganze Nacht wirklich guten Schlaf. *Nachdem* sie sich vergewissert hatte, dass es Mabel gut ging.

„Na schön." Sie ließ die Schlüssel in Ronans Hand fallen.

„Cool." Er schloss die Finger darum. „Ich wollte schon immer mal so einen kleinen Pick-up fahren. Erzähl das aber niemandem."

Die Harley erwachte dröhnend zum Leben. Liam hob die Hand zum Gruß, Kim ebenfalls. Dann fuhr er hinaus in die Nacht. Kim, mit Helm, lehnte sich gegen seinen Rücken, als würde sie ihn mit Leib und Seele lieben. Eine Menschenfrau und ein Shifter. Was für eine verrückte Nacht.

Ronan öffnete die Beifahrertür und ließ Elizabeth einsteigen. „Ich müsste ja eigentlich auf Muscle-Cars stehen. Starker Kerl, Macho-Autos." Er schloss die Tür und ging um den Wagen herum zur Fahrerseite. Nachdem er den Sitz ganz nach hinten geschoben hatte, passte er gerade so hinters Lenkrad. „Monstertrucks. Heiße Motorräder. Alles, was groß und klobig ist und eine Menge Lärm macht. Nichts Süßes oder Niedliches. Daher kein Wort zu irgendwem. Abgemacht?"

Jetzt brachte er sie zum Lachen. „Dein Geheimnis ist bei mir sicher."

Nicht, dass irgendwer ihn jemals für süß oder niedlich halten würde. Er war riesig und massig wie ein Profi-Wrestler. Groß, aber perfekt proportioniert. Sein Gesicht war nicht direkt schön, dafür war es zu hart. Seine Nase und der rechte Wangenknochen waren irgendwann in der Vergangenheit einmal gebrochen gewesen. Trotzdem waren seine Züge eindrucksvoll. Seine Augen waren dunkelbraun, fast schwarz, aber nicht kalt. Sie waren warm, sehr warm.

Ronan ließ den Pick-up an und fuhr vom Parkplatz. Elizabeth musste sich festhalten, als er die nächste Kurve rasant nahm und ostwärts in die Siebte Straße einbog. Sie wollte mit Mabel sprechen, um ihrer Schwester zu versichern, dass sie unterwegs nach Hause war. Doch als sie nach ihrem Handy griff, fand sie die Stelle an ihrem Gürtel leer vor. „Oh, Mist. Liam hat noch mein Telefon."

„Das überrascht mich nicht. Er liebt technische Spielereien. Er wird es dir zurückgeben, wenn er damit fertig ist."

„Hat er kein eigenes?"

„Sicher, aber Shifter kriegen keine schicken Smartphones. Mit unseren Handys können wir telefonieren, und das war's. Bestimmt schreibt er gerade allen, die er kennt, SMS oder spielt Spielchen oder macht Fotos. Er ist wie ein Junges, wenn er neues Spielzeug in die Hände bekommt. Aber ich werde dafür sorgen, dass er es dir zurückgibt."

Während sie sprachen, fuhr Ronan durch den spärlichen Verkehr, sauste unter der I-35 hindurch und raste dann in die entgegengesetzte Richtung von Elizabeth' Haus.

„Wo fährst du hin?", fragte sie. „Ich wohne nordwestlich vom Zentrum."

„Wir fahren nicht zu dir", sagte Ronan und nahm das Lenkrad in einen festen Griff, um den Pick-up um eine weitere Kurve zu lenken.

„Nicht?" Ihre Beklemmung kehrte zurück. „Warum nicht?"

Ronan sah zu ihr hinüber und grinste. Es war ein warmherziges Grinsen, das seine Augen aufblitzen ließ. „Weil ich dich zu mir mitnehme, Elizabeth Chapman. Nach Shiftertown."

Kapitel Vier

Ronan spürte die Angst, die von ihr ausging, als sie sich den Straßen von Shiftertown näherten. Aber an diesem Ort war nichts Furchteinflößendes – zumindest nicht heutzutage.

Als Ronan aus Alaska hergezogen war, hatte er allerdings mächtige Angst gehabt. Bären mochten die Einsamkeit, und Ronan hatte nie in der Nähe von mehr als einer oder zwei Personen gleichzeitig gelebt. In Shiftertown war er von unzähligen Shiftern umgeben – immer. Und dann hatte die menschliche Regierung angeordnet, dass er andere Bären bei sich, in *seinem Haus*, wohnen lassen müsse.

Ronans natürliche Scheu hätte ihn fast umgebracht. Zu lernen, mit der unbehaglichen Nähe anderer umzugehen, sich beizubringen, nicht instinktiv zu reagieren – weder wegzulaufen, noch andere zu verjagen – das war die schwierigste Lektion seines Lebens gewesen. Menschen, die seine Zurückhaltung verspotteten oder sie für Egozentrik hielten, hatten keine Ahnung. Die Scheu war ein

Instinkt. In der Wildnis machte das Bedürfnis nach eigenem Raum – viel eigenem Raum – manchmal den Unterschied zwischen Leben und Tod aus.

Aber Ronan hatte seine Angst längst besiegt, der Göttin sei Dank. Nun kannte er jeden hier, und jeder kannte ihn. Er hatte sich seinen Platz in dieser fremden, neuen Welt erobert.

Er bog um die dunkle Ecke, an der der verlassene Lebensmittelladen lag, und hielt auf Shiftertown zu. Hinter einem Grundstück, das mit Absicht unbebaut geblieben war, erstreckte sich die Shiftertown mit ihren Straßen, ordentlichen Rasenflächen und gepflegten Bungalows.

Diese Häuser waren heruntergekommen, von den Menschen, die hier vor zwanzig Jahren gelebt hatten, verwüstet und verlassen worden. Die Regierungsabteilung, die sich mit dem Shifter-Problem befassen sollte, hatte das billige Land aufgekauft und es genutzt, um die Wandler unterzubringen. Nach ihrem Einzug hatten die neuen Bewohner alles frisch gestrichen, Dächer repariert und neu gedeckt sowie die Häuser selbst instandgesetzt. Jetzt konnte man gefahrlos durch die ruhigen Straßen von Shiftertown gehen, und die Jungen konnten sicher die ganze Nacht lang auf den Rasen vor den Häusern spielen.

Drei verschiedene Wandler-Spezies lebten hier nun zusammen, ohne sich gegenseitig umzubringen. Wer hätte das für möglich gehalten?

So spät in der Nacht war Shiftertown dunkel, doch in einigen Fenstern sah man noch Licht brennen. Raubkatzen und Wölfe waren draußen ohne Licht unterwegs. Beide Spezies lebten noch immer nachtaktiv, obwohl die Menschen sich bemühten, das zu ändern. Die Bären, die viel schlauer waren, schliefen um diese Uhrzeit fest, sie nutzten jede freie Minute zum Schlafen. Im Wachzustand verbrauchten Bären jede Menge Energie, und zum Ausgleich schliefen sie mit Hingabe.

Neben ihm hielt sich Elizabeth am Armaturenbrett fest, während sie das alles betrachtete. „Würdest du dich bequemen, mir mitzuteilen, warum ich in Shiftertown bin?"

„Sean hat deine Schwester hergebracht – in mein Haus."

Sie riss den Kopf zu ihm herum und starrte ihn an. „In *dein* Haus? Warum?"

„Nun, er konnte sie nicht zu Liam mitnehmen, wegen Connor, das könnte übel enden. Mabel mag Connor, aber er ist noch ein Junges."

Elizabeth starrte ihn noch immer an und hatte offensichtlich keine Ahnung, was er ihr zu sagen versuchte. „Wenn du den Connor meinst, der in den Laden kommt, um mit Mabel zu flirten ... der ist kein Junges. Er geht aufs College."

„Er ist erst einundzwanzig. Für Shifter ist er damit noch ein Junges. Er wird seinen Übergang nicht vor ... nun, sieben oder acht Jahren durchleben. Es ist besser, wenn er und Mabel nicht mehr sind als Freunde. Sonst wird es für alle Beteiligten zu verwirrend und gefährlich. Daher ist mein Haus am besten geeignet. Hast du die Geschichte von Goldlöckchen und den drei Bären gehört?"

„Ja, klar, aber was hat das mit ..."

„Die Geschichte ist totaler Blödsinn." Ronans kehliges Lachen füllte den Pick-up. „In meinem Haus ist nichts zu hart oder zu weich. Alles ist *genau richtig*."

Dafür bedachte ihn Elizabeth mit einem Lächeln. Er mochte ihr Lächeln – es war wie ein unerwarteter Sonnenstrahl. Er hasste es, sie verängstigt zu sehen. Jemand, der so kess und süß war wie sie, sollte keine Angst haben müssen.

Ronan wurde langsamer. Obwohl es Spaß gemacht hatte, den Pick-up zu fahren, war es doch ganz schön eng. Er bog in die Auffahrt ein, nicht mehr als zwei Streifen brüchiger Pflastersteine, die auf die Rückseite des Hauses führten. Die Garage hinten hatte Ronan in ein Arbeits- und Spielzimmer verwandelt, das er und seine Mitbewohner „den Bau" nannten. Deshalb parkte er davor, hinter einem anderen Auto und einem großen Motorrad, die bereits dort standen.

Das Motorrad gehörte Ronan. Sean oder ein Tracker mussten es von der Straße vor Elizabeth' Laden geholt und für ihn nach Hause gefahren haben. Hoffentlich war es nicht Nate gewesen. Das blöde Katzenvieh fuhr wie ein Idiot.

Ronan stieg vor Elizabeth aus und kam um den Wagen herum, um ihr die Tür zu öffnen. „Da wären wir", sagte er und nahm ihre Hand, um ihr beim Aussteigen zu helfen. Er mochte ihre Hand, klein und warm lag sie in der seinen. „Mach dich auf die Horde gefasst."

„Die was?"

„Keine Sorge, ich werde nicht zulassen, dass dir etwas passiert."

In dem Moment stürmte die „Horde" aus der Hintertür und über die Veranda, die Ronan an zwei Seiten des Hauses errichtet hatte. Da waren Rebecca, eine ausgewachsene Bärin aus Ronans Clan, Scott, ein Schwarzbär-Wandler, der etwa siebenundzwanzig Jahre alt war und gerade die Qualen des Übergangs durchlebte, und Cherie, ein Grizzlymädchen von zwanzig Menschenjahren, das die erste Hälfte seines Lebens eingesperrt in einem Gehege verbracht hatte. Und zuletzt war da noch Olaf, der einzige Eisbär in Shiftertown. Er war neun Menschenjahre alt und noch ein richtiges Jungtier. Olaf hatte ein sonniges Gemüt, außer wenn im Traum Bruchstücke seiner Vergangenheit hochkamen, an die er sich kaum erinnerte. Er wurde Olaf genannt, aber niemand, nicht einmal er selbst, kannte seinen richtigen Namen. Alle trugen Halsbänder, die in den Lichtern der Veranda glänzten.

Hinter den Bären kam Mabel aus dem Haus, Elizabeth' einundzwanzigjährige Schwester, deren Haar heute pink mit grünen Streifen war. Sie sah angespannt, verängstigt und aufgeregt zugleich aus. Sie schob sich an den Bären vorbei und rannte mit ausgestreckten Armen auf Elizabeth zu.

„Lizzy, verdammt, man hat mir gesagt, du wärst fast erschossen worden, und dann warst du ewig auf der Polizeistation. Und dann sind diese Typen zu unserem Haus gekommen und haben nach dir gefragt. Sie haben durch die Vordertür gerufen und wollten wissen, wo du bist. Und dann waren da überall Shifter. Liam hat gesagt, es wäre für mich zu gefährlich, zu Hause zu bleiben, und ich würde dich hier treffen. Hast du diesen Spike gesehen? Der ist *heiß*. Ich schwöre, der ist *überall* tätowiert."

Ja, das klang nach Mabel.

Rebecca sah Ronan besorgt an. „Ronan? Liam hat gesagt, du wärest angeschossen worden. Geht es dir gut?"

Ronan hielt den Arm hoch, um ihr den Mullverband zu zeigen. „Mir geht's gut. Hat mich nur gestreift." Eine winzige Kugel, die sich durch seinen Trizeps bohrte, war gar nichts. Letztes Jahr war er von einem Feenpfeil getroffen worden, das hatte vielleicht *wehgetan*. Die verflixten Feen belegten ihre Pfeile mit Zaubersprüchen.

„Du bist schon wieder in die Schusslinie gelaufen, nicht wahr, Ronan?", bemerkte Cherie und verschränkte die Arme. Ihre Haare waren von Natur aus schwarz-braun gesträhnt – genau wie ihr Grizzlyfell. „Damit solltest du aufhören. Wir brauchen dich ohne Löcher."

„Lass ihn in Ruhe", verlangte Scott. „Er hat getan, was er tun musste."

Scott war ein Schwarzbär, in seiner Tiergestalt der Kleinste der Horde, aber er war dennoch groß und schlaksig, hatte schwarze Haare und einen mürrischen Gesichtsausdruck. Der Übergang machte ihm sehr zu schaffen.

Olaf lernte erst noch Englisch, nachdem Liam ihn vor einem Jahr entdeckt und nach Shiftertown gebracht hatte. Er hatte weißblondes Haar und schwarze Augen, und seine Bärengestalt war einfach süß. „Mabel färbt mir auch die Haare. Okay, Ronan?"

„Ich meinte, dass er mit blauen Strähnen süß aussehen würde", sagte Mabel.

Rebecca warf Ronan einen bösen Blick zu. „Ich habe ihm gesagt, er muss dich fragen."

„Danke schön, Becks. Nicht jetzt, Olaf. Das ist Elizabeth, Mabels Schwester. Sie und Mabel bleiben bei uns. Seid also etwas leiser, damit sie schlafen können. Ich überlasse ihnen mein Zimmer und gehe in den Bau."

„Nein, nein, nein, das kannst du ihnen nicht antun", sagte Rebecca rasch. „Sie nehmen mein Zimmer, das ist bewohnbar. Und ich werde im Bau schlafen. Sie in deinem Zimmer einzuquartieren wäre grausam und eine Bestrafung."

„Ich schlafe bei Rebecca", warf Cherie schnell ein. Es machte sie immer unruhig, wenn Rebecca außer Haus war.

„Wie auch immer." Ronan wandte sich an Elizabeth. „Bärinnen. Sie übernehmen gern das Kommando. In allem."

„He, Papa Bär war außer Haus, weil er gerade verhaftet worden ist", sagte Rebecca. „Weil er sich als fahrender Ritter verdingt hat. Ich wusste gar nicht, dass das bei den Menschen ein Verbrechen ist."

„Ich hab ihm eine gewischt", sagte Ronan. „Aber das hat er auch verdient. Seine Mutter ist wohl zu nachsichtig mit ihm."

„Seine Mutter hat vermutlich Angst vor ihm", erklärte Elizabeth. „Oder vielleicht ist sie genauso schlimm wie er selbst. Oder, was noch wahrscheinlicher ist: Er hat keine."

Ronan bemerkte, dass er immer noch Elizabeth' Hand hielt. Außerdem bemerkte er, dass er sie gar nicht loslassen wollte. Rebecca schien es aufzufallen, aber – der Göttin sei Dank – sie schwieg dazu.

„Woher weißt du so viel über Menschen wie Marquez?", fragte Ronan Elizabeth. „Im Gerichtssaal hast du gesagt, du hättest genau gewusst, was er tun würde."

Mabel verdrehte die Augen, bevor Elizabeth antworten konnte. „Das wollt ihr *nicht* wissen. Elizabeth war eine jugendliche Straftäterin. Eine schlimme sogar."

„Ich dachte, sie wollten es nicht wissen?" Elizabeth schüttelte Ronans Hand ab. „Es ist sehr nett von dir, Ronan, aber wir können nicht hierbleiben. Ich habe keine Kleidung zum Wechseln dabei, nur um mal einen ersten Grund zu nennen."

„Ich habe dein Zeug mitgebracht", erwiderte Mabel fröhlich. „Und Sean sagt, wir müssen bleiben. Der ist süß, Lizzy … du solltest mal seinen irischen Akzent hören. Schade, dass er eine Gefährtin hat – Andrea, ich glaube, du hast sie schon kennengelert. Jedenfalls hat Sean gesagt, wir bleiben in Shiftertown, bis Liam und die Tracker es für sicher befinden, dass wir wieder nach Hause zurückkehren."

Elizabeth hielt die Hände hoch. „Mabel, sei mal kurz still …"

„Shiftertown ist der sicherste Ort für euch", unterbrach Ronan sie. „Hier wird euch niemand finden. Die Tracker werden herumschnüffeln und herausfinden, was die Leute bei euch wollten, und sich darum kümmern."

Ronan sah ein Flackern in Rebeccas Augen, als er *sich darum kümmern* sagte, und die beiden Bären wechselten einen Blick. Dieser Ausdruck konnte vieles bedeuten, besonders wenn die Morrisseys im Spiel waren.

Jugendliche Straftäterin. Eine schlimme sogar. Ronan fiel wieder ein, wie Elizabeth die Karte aus seiner

Tasche gezogen hatte – schnell und geschickt. Da gab es mehr an Elizabeth Chapman, als man auf den ersten Blick sah, und Ronan war entschlossen, alles über sie herauszufinden.

Elizabeth zögerte noch immer, doch dann kam Olaf auf sie zu und legte seine kleine Hand in ihre. „Komm rein", sagte er mit seinem starken Akzent. „Wir beschützen dich, Lizbeth."

Das Bärenjunge erreichte, was den Großen nicht gelungen war. Elizabeth' Blick wurde weich, und sie ließ sich von ihm ins Haus führen.

***

Sie folgte Olaf, dessen kleine Hand einen erstaunlich festen Griff hatte. Kindern merkte man es leicht an, wenn sie Gefahr spürten, aber Olaf vermittelte ihr das Gefühl, dass ihr in Ronans Haus nichts zustoßen würde.

Hinter ihr scheuchte Rebecca die anderen – einschließlich Ronan – ebenfalls ins Haus. Sie musste Olaf mithelfen lassen, Mabel und Elizabeth in ihr kleines Schlafzimmer im ersten Stock zu führen, denn er wollte Elizabeth' Hand nicht loslassen, bis sie sicher im Zimmer war.

Das Schlafzimmer war ordentlich und geräumig und mit vielen persönlichen Einrichtungsgegenständen ausgestattet. Rebecca nahm einige zusätzliche Decken aus dem Schrank und breitete sie auf dem Doppelbett aus. Als Elizabeth ihr danken wollte, schüttelte sie den Kopf, nahm sich einige Kleidungsstücke und ging hinaus.

„Ronan schläft nebenan", sagte Rebecca aus dem Türrahmen. „Wenn er zu laut schnarcht, klopft gegen die Wand. Das hilft manchmal." Sie warf sich ihr T-Shirt über die Schulter und verschwand.

Die Tür schloss sich. Elizabeth hörte, wie die drei Jüngeren auf dem Weg nach unten alle gleichzeitig mit Ronan und Rebecca sprachen und Ronans tiefer Bass ihnen antwortete.

"Ist das nicht cool?" Mabel zog die Jalousie hoch und sah hinaus auf die dunkle Straße vor dem Haus. "Ich wollte immer schon mal nach Shiftertown. Ich glaube, Connor Morrissey wohnt da drüben." Sie deutete hinaus.

Elizabeth setzte sich aufs Bett, ihre Beine knickten ein. Diese Nacht hatte sie viel Kraft gekostet – von dem Moment, als sie in die schwarze Öffnung der Schusswaffe gestarrt hatte, über das, was bei Ronans Anhörung passiert war, bis zu dem Schock, nach Shiftertown gebracht zu werden und Ronans ... Familie? ... kennenzulernen.

"Sind das seine Kinder?", fragte sie Mabel. "Und Rebecca, ist sie seine Frau? Oder, ich meine, seine Gefährtin?"

"Nein." Endlich ließ Mabel die Jalousie wieder herunter und drehte sich vom Fenster weg. "Die Kinder sind weder miteinander noch mit Ronan oder Rebecca verwandt. Rebecca sagt, sie ist Ronans Cousine oder so was, eine entfernte Verwandte. Sie haben kein Paarversprechen und können sich auch nicht paaren, weil sie dem gleichen Clan angehören. Ansonsten ist das hier so eine Art Waisenhaus für Bärenshifter. Aber es ist besser als die Waisenhäuser bei uns."

So viel war sicher.

Mabel, unverwüstlich wie immer, zog sich aus und legte sich in Unterwäsche ins Bett.

Normalerweise schlief sie nackt, daher vermutete Elizabeth, dass sie nur ihr zuliebe etwas anbehielt. Ihre Schwester hatte ihr ein Schlaf-T-Shirt und etwas Wäsche zum Wechseln in einer Schultertasche mitgebracht. Elizabeth zog das Schlafshirt an und kuschelte sich an Mabel. Sie schloss die Augen, konnte aber wie erwartet nicht einschlafen.

Allerdings war es nicht der Jugendliche mit der Waffe, den Elizabeth vor ihrem geistigen Auge sah, während sie ruhelos wach lag. Es war Ronan, wie er zu ihrer Rettung eilte, sich dann aufrichtete und in einen perfekt proportionierten Mann verwandelte, der am ganzen Körper harte Muskeln hatte. Über seinen Rücken erstreckte sich ein Tattoo, ein verschlungenes keltisches Muster. Sein kurz geschorenes Haar war dunkelbraun, fast schwarz, aber mit helleren Strähnen darin. Sein Bärenpelz hatte den gleichen tiefen, changierenden Braunton.

In der vergangenen Nacht hatte Elizabeth ihn wütend erlebt, bereit zu töten – aber auch verärgert, resigniert, besorgt, Sicherheit vermittelnd und liebevoll. Ronan war vielleicht ruppig zu den Kindern, die bei ihm lebten, aber sie konnte erkennen, dass er sie gern hatte.

Elizabeth hatte immer ein Problem damit gehabt, anderen zu vertrauen. Und zwar aus gutem Grund: Einige der Menschen, bei denen sie in ihrer Kindheit gelebt hatte, waren schrecklich gewesen, manche sogar gefährlich. Sie hatte alles in ihrer Macht Stehende unternommen, um Mabel vor ihnen zu schützen, was sie vor einige sehr schwierige Entscheidungen gestellt hatte.

Die Lektion, die Elizabeth bereits früh im Leben gelernt hatte, war, dass man niemandem vertrauen durfte. Niemals. Wer sich verhält, als ob du dich auf ihn verlassen könntest, wendet sich in dem Moment gegen dich, in dem er kein Interesse mehr an deinen Problemen hat. In der Not konnte man sich nicht einmal auf die nettesten Menschen verlassen.

Daher wusste sie nicht, was sie davon halten sollte, dass Ronan ihr und Mabel einen Platz zum Schlafen angeboten hatte und Shifter quer durch die Stadt gefahren waren, um Mabel in Sicherheit zu bringen. Sie wusste nichts über Gestaltwandler, über ihre Motive – oder darüber, was sie im Gegenzug von ihr erwarten würden.

Sie konnte nur tun, was sie ihr ganzes Leben lang getan hatte: stillhalten, das Terrain sondieren und dann entscheiden, wie sie vorgehen sollte. Ihre Augen blieben offen, während sie über all das nachdachte, aber Mabel schlief bald schon friedlich und schnarchte leise.

***

Als Elizabeth am Morgen das Zimmer verließ, wehte der Geruch von Kaffee und Speck die Treppe hinauf. Cherie lehnte auf der anderen Seite des Flurs an der geschlossenen Tür des einzigen Badezimmers.

„Komm schon, Scott, darf heute vielleicht außer dir noch jemand anderes ins Bad?"

Scotts Stimme drang über das Geräusch fließenden Wassers hinweg. „Ich bin in der Dusche."

„Du bist schon seit einer halben Stunde in der Dusche. Wir haben Gäste, du Volltrottel."

„Ich hab sie nicht eingeladen."

Cherie sah Elizabeth an und verdrehte die Augen. „Er ist im Übergang. Es ist, als ob er gar nicht sauber genug sein könnte. Als ob *das* bewirken würde, dass die Frauen über ihn herfallen. Es gibt sowieso nicht genug weibliche Shifter hier. Er wird noch jahrelang keine Chance haben, den Gefährtenbund zu schließen."

„Übergang?"

„Der Schritt vom Jungtier zum Erwachsenen", erklärte Cherie. „Ich hoffe, ich bin nicht so unsensibel, wenn ich dran bin." Sie klatschte mit der flachen Hand gegen die Tür. „Scott, würdest du das Bad freigeben?"

„Geh doch zu den Nachbarn", rief er.

„Männer." Cherie verdrehte erneut die Augen. Sie war hübsch und besaß die gleiche tiefe, erstaunliche Schönheit wie Rebecca, auch wenn sie bei ihr noch nicht voll entwickelt war. Cherie sah aus, als sei sie etwa zwanzig, nur wenig jünger als Mabel, aber anscheinend zählte sie – wie Connor – noch zu den Jungen.

„Vermutlich ist es besser, wenn du zuerst frühstückst", sagte Cherie. „Falls noch warmes Wasser übrig ist, nachdem er fertig ist, können deine Schwester und du dann ins Bad."

„Wie es am besten passt", sagte Elizabeth achselzuckend. In einem Waisenhaus musste man sich schnell seinen Platz erobern, aber im Umgang mit denen, die einem nicht in die Quere kamen, musste man sich auch flexibel zeigen. Außerdem würde sie bald wieder zu Hause in ihrem eigenen Badezimmer sein.

Sie stieg die Treppe hinunter. Das Haus war vermutlich in den Zwanziger- oder Dreißigerjahren gebaut, mit einem quadratischen Grundriss und einer Treppe in der Mitte. Es hatte oben vier

Schlafzimmer und ein Bad sowie unten eine große Küche, ein Esszimmer und ein Wohnzimmer.

Elizabeth betrat die Küche und fand dort Rebecca, die gerade sieben Plätze am Tisch deckte, sowie Ronan, der sich in Jeans und einem schwarzen T-Shirt über den Herd beugte und etwas kochte, das aussah wie fünf Packungen Speck und vier Kartons Eier. Ein kompletter Laib Brot war getoastet auf einer Platte gestapelt, und als sie eintrat, ploppten vier weitere Scheiben gerade aus dem Toaster.

Ronan sah auf und lächelte sie voller Energie an. „Ich mache ganz tolle Brötchen mit Soße, aber ich hatte heute Morgen nicht genug Zeit. Magst du Rühreier?"

„Gern."

Rebecca warf Elizabeth einen kritischen Blick zu. „Du hast gar nicht geschlafen, oder?"

„Nicht so richtig."

„Kann ich gut verstehen."

Rebecca war groß und langbeinig, aber kräftig. Eine echte Amazone. Sie trug Jeans und ein ärmelloses Top und hatte ihr lockiges Haar zu einem Pferdeschwanz gebunden. Wie Ronan strahlte sie eine ruhelose Vitalität aus, die verriet, dass sie zwar menschliche Kleidung trug und den Tisch mit zusammenpassendem Besteck deckte, aber lieber als Bär durch die Wälder streifen würde.

„Setz dich hin, Elizabeth", sagte Ronan. „Wir sorgen dafür, dass du mehr auf die Rippen bekommst."

Er häufte Speck und Eier auf eine andere Platte und trug sie mit dem Toast zum Tisch. Elizabeth starrte die Essensberge an, die auf sie zukamen.

„Eine Scheibe Toast reicht mir", erklärte sie.

„Gegen einen Schock hilft am besten eine herzhafte Mahlzeit." Ronan schob einen Pfannenwender unter die Eier und lud eine Portion auf ihren Teller. „Ich habe etwas Salsa aus gegrillter Paprika, falls du das magst, oder auch ganz altmodisch Salz und Pfeffer. Zum Brot gibt es Butter und Marmelade und vor allem Honig. Bären mögen Honig."

Elizabeth wusste nicht, ob sie laut lachen oder ihre Belustigung verbergen sollte. Sie beschränkte sich auf ein höfliches Dankeschön. Ronan wandte sich ab. „Jederzeit, Lizzie-Girl."

Als Ronan begann, das Essen auszuteilen, tauchten wie von Zauberhand Cherie und Olaf auf. Einen Moment danach schlenderte Mabel herein, und Rebecca schenkte Kaffee aus. Mabel trank einen großen Schluck Kaffee und schloss genüsslich die Augen. An Alkohol hatte sie zum Glück nie besonderen Gefallen gefunden, aber Kaffee liebte sie abgöttisch.

„Scott ist immer noch in der Dusche", verkündete Cherie mit dem universellen weiblichen Spott, der sich gegen alle Männer richtete, die ihnen auf die Nerven gingen.

„Ich werde mit ihm sprechen", sagte Ronan. „Lass ihn in Ruhe, Cherie. Der Übergang ist hart."

„Ich verarbeite meinen noch immer." Rebecca setzte sich und lud sich genauso viel Essen auf ihren Teller wie Ronan auf seinen. In diesem Haus schien es keine Diäten zu geben. „Und da in dieser Shiftertown immer mehr Männchen sich an eine Partnerin binden, wird die Auswahl immer knapper."

„Beschwer dich nicht, Frau", sagte Ronan. „Hier kommen vier Männer auf jede Frau. Es sind Scott, Olaf und ich, die ohne Gefährtin enden werden. Du kannst immer noch Ellison abschleppen. Er ist ein Partytier."

Rebecca schnaubte. „Er ist ein Wolf und zu sehr von sich überzeugt."

Ronan zuckte mit den Schultern. „Nun, wenn du jetzt wählerisch wirst."

„Was ist mit Spike?", fragte Mabel. Hungrig schaufelte sie sich Eier auf den Teller. „Der ist süß. Diese ganzen Tätowierungen. Und Connor. Hmmm."

„Connor ist ein Junges", sagte Cherie und kräuselte die Nase. „Und ein Felid. Und ein Morrissey. Und habe ich schon erwähnt, dass er ein *Felid* ist?"

„Was heißt das?", fragte Elizabeth. „Felid?"

„Das bedeutet, er verwandelt sich in eine Wildkatze", antwortete Cherie. „Seine gesamte Familie tut das. Ellison ist ein Lupin, ein Wolf. Wölfe sind allesamt eingebildet – sie halten sich für edle Geschöpfe oder so etwas. Wir sind Bären, was natürlich die besten Shifter von allen sind." Sie gluckste.

„Cool", sagte Mabel. „Kann ich sehen, wie du dich in einen Bären verwandelst?"

„Kein Gestaltwandeln bei Tisch", knurrte Ronan. „Wir haben Gäste, und ich wische die Schweinerei nicht auf."

Cherie zwinkerte Mabel zu. „Nachher."

Die beiden würden jeden Moment beste Freundinnen werden, da war sich Elizabeth sicher.

„Wir haben vielleicht nicht mehr viel Zeit hier,

Mabel", sagte sie und kaute den dicken texanischen Toast, der mit Butter und Honig köstlich schmeckte. „Ich muss zurück in den Laden und aufräumen, bevor wir öffnen. Dabei werde ich deine Hilfe brauchen. Wir machen um elf auf, und jetzt ist es schon acht, daher sollten wir bald aufbrechen."

Alle am Tisch schwiegen. Die Dusche oben wurde plötzlich abgedreht und trug das Ihre zu der plötzlichen Stille bei.

„Elizabeth, du musst den Laden heute zulassen", sagte Ronan. „Nachdem du zu Bett gegangen bist, habe ich mit Liam gesprochen, und der meint, du steckst in Schwierigkeiten. Bis er und ich die gelöst haben, bleibst du hier."

Alle am Tisch sahen sie an. Cherie mit ihrem gesträhnten Haar. Rebecca mit ihrem gelassenen Blick, Olaf mit seinen großen, schwarzen Augen. Nur Mabel hielt den Blick auf ihren Teller gerichtet. Schon früh in ihrem Leben hatte Elizabeth gelernt, die Dynamik in einer Gruppe zu beurteilen. Sie begriff, dass Ronan hier das Sagen hatte, auch wenn Rebecca und die anderen mit ihm scherzten.

Sie schob ihren Stuhl zurück, wischte sich den Mund mit einer Serviette ab und stand auf. Zu Ronan sagte sie: „Können wir uns bitte draußen unterhalten?" Und dann ging sie durch die Hintertür hinaus in die Morgenhitze, ohne abzuwarten, ob er ihr folgte.

Kapitel Fünf

Ohne zu zögern, lief Ronan hinter ihr her. Er konnte sich nichts Besseres vorstellen, als von einer süßen Frau mit dem heißesten Hintern, den er je gesehen hatte, herumkommandiert zu werden.

Hinter sich hörte er Olaf etwas ängstlich fragen: „Ronan ... Wird er Lizbeth bestrafen?"

„Nein, Liebling", sagte Rebecca. „Aber vielleicht bestraft sie *ihn*."

Die Hintertür fiel zu und schnitt Olafs Antwort ab.

Elizabeth wartete bei ihrem Pick-up, die Arme vor der Brust verschränkt. Heute Morgen trug sie enge blaue Jeans und ein knappes Top, das sowohl ihren Nabel als auch das Tattoo auf ihrem Schlüsselbein entblößte. Es war ein Schmetterling. Hübsch.

Für gewöhnlich hatte Ronan nichts für kleine Frauen übrig, aber er beschloss, für Elizabeth, die nicht groß war, aber üppige Kurven hatte, eine Ausnahme zu machen. Ihre geringe Größe bewirkte, dass er sanft zu ihr sein wollte, obwohl das Feuer in ihren Augen sagte, dass sie ihn nicht mit Samthandschuhen anfassen würde. Da hatte Rebecca recht.

„Lass mich dir etwas über den Einzelhandel erklären", sagte Elizabeth, sobald er in Hörweite war. In menschlicher Hörweite – *er* hätte sie auch aus der Küche verstehen können und wusste, dass seine Familie angestrengt lauschte. „Wenn ein Laden unerwartet geschlossen ist, denken die Leute, dass er nicht wieder aufmacht. Sie gehen weg und kommen nicht wieder. Ich habe Jahre gebraucht, um dieses Geschäft aufzubauen, und es sichert unseren Lebensunterhalt. Wenn ich nicht aufmache, verdiene ich kein Geld. Ich verliere dann sogar Geld, weil ich für mein Inventar, die Miete und die Steuern sowie alles Sonstige zahlen muss. Und deshalb lasse ich mich nicht von einem eingebildeten Jugendlichen mit einer Pistole aufhalten. Ich habe vor langer Zeit gelernt, dass man sich nicht zum Opfer machen darf. Sonst kann man genauso gut in ein Loch kriechen, es hinter sich zuschütten und den Rest seines Lebens dort verbringen."

Elizabeth ging die Puste aus, aber das Feuer in ihren Augen loderte noch immer. Ihre blauen Augen funkelten. Ronan fragte sich, wie diese Augen wohl aussehen würden, wenn sie ihn schläfrig vom Kissen neben ihm anblinzelten.

„Fertig?", fragte er.

„Ich werde darüber nicht diskutieren, also versuch es gar nicht erst. Ich habe es dir erklärt, das ist alles. Ich bin dir und Rebecca sehr dankbar, weil ihr uns aufgenommen habt. Für das Essen werde ich bezahlen, aber wir fahren."

Sie wollte an Ronan vorbei zurück zum Haus gehen. Netter Versuch. Er verstellte ihr den Weg.

„Dann lass jetzt *mich* etwas erklären, Lizzie-Girl", sagte er. „Der Junge, der dich ausgeraubt hat, ist Julio Marquez und der Bruder des Anführers einer der härtesten Gangs in Houston. Der ist gerade nach Austin gezogen und versucht, sich hier zu etablieren. Und er hat beschlossen, dass du bestraft werden musst, weil sein kleiner Bruder deinetwegen verhaftet wurde. Außerdem bist du die einzige Zeugin des Verbrechens, weshalb es viel besser wäre, wenn du zu tot wärst, um auszusagen. Ich bin zwar auch Zeuge, aber ich bin ein Shifter, deshalb zählt meine Aussage nicht. Außerdem müssten der ältere Marquez und seine Crew nach Shiftertown kommen, um mich zu erledigen, und das können sie nicht. Daher bist du hier am sichersten und bleibst hier, bis Liam, seine Tracker und ich den Kerlen klargemacht haben, dass sie die Finger von dir lassen müssen. Verstanden?"

Elizabeth hörte mit offenstehendem Mund zu. Endlich war Angst in ihren Augen erkennbar. „Redest du von der Red Avenue Gang?"

„Ich glaube, so heißen sie. Hast du von ihnen gehört?"

„Ich kannte jemanden, dessen Bruder von denen getötet wurde. Erschossen, während er seine kleine Schwester von der Schule nach Hause brachte. Hat ihnen Geld geschuldet. Der Name des Anführers war aber nicht Marquez."

„Jetzt ist er es. Nach Seans Informationen hat er vor Kurzem die Führung übernommen und will das Unternehmen expandieren. Diese Leute bringen

Drogen und Waffen aus Mexiko ins Land. Sie sind wie eine kleine Armee."

Elizabeth' Blick wurde immer besorgter. „Scheiße."

„Und darum gehst du nirgendwo hin. Nicht solange diese Typen da draußen hinter dir und deiner Schwester her sind."

Ronan beobachtete, wie sie mit ihrer Angst kämpfte. Sie war abgehärtet, das musste er zugeben.

„Genau das habe ich damit gemeint, dass ich kein Opfer sein will", sagte sie. „Mabel kann hierbleiben – ich will nicht, dass sie in diese Sache verwickelt wird. Aber ich muss meinen Laden öffnen. Ich muss weitermachen. Wenn ich ihn mir von einer Gang schließen lasse, bin ich erledigt. Am helllichten Tag werden sie mich nicht überfallen, während die ganzen anderen Geschäfte ringsum geöffnet sind, und abends kann ich früh schließen. Das sollte kein Problem sein, abends ist sowieso nicht viel los. Wie wäre es damit?"

Ronan fing an, den Kopf zu schütteln, und schien damit gar nicht mehr aufhören zu wollen. „Nein, Süße. Das Risiko, dass sie dich aus dem fahrenden Auto heraus erschießen, gehe ich nicht ein. Du bleibst hier."

Jetzt sah sie rebellisch aus. Die widerspenstige Lady, die ihr Haar mit Strähnchen gefärbt hatte und wusste, wie man etwas aus einer Tasche fischte, sah ihn wütend an. „Ich setze nicht alles aufs Spiel, wofür ich gearbeitet habe, nur damit du dich besser fühlst."

„Es ist zu deiner Sicherheit."

„Wie sicher bin ich in einem Haus voller Shifter? Wenn einer davon noch nicht mal aus dem Badezimmer rauskommt?"

Sie hatte keine Angst vor ihnen, das konnte Ronan sehen. Sie war vorsichtig, ja, aber nicht ängstlich.

„Verdammt viel sicherer, als du es da draußen wärst."

„Aber ich darf nicht wegfahren?" Elizabeth stemmte die Hände in die Hüften. „Man sagt doch, wer die Freiheit zugunsten der Sicherheit aufgibt, hat beides nicht verdient. Ich kann mich nicht erinnern, wer das gesagt hat – in der Schule habe ich ziemlich viel verpasst –, aber es war auf jeden Fall jemand, der klug war."

Ronan hob die Hände. „Ich verstehe dich ja. Ich verstehe dich wirklich. Aber verdammt, ich will nicht, dass du verletzt wirst. Ich will nicht, dass sie deinen Laden niederbrennen ... während du darin bist. Als dich dieser Typ letzte Nacht mit der Waffe bedroht hat ... das hat mich wirklich wütend gemacht."

„Nun, mich hat es auch wirklich wütend gemacht. Wenn sie versuchen, den Laden niederzubrennen, kann ich das Feuer schneller löschen, wenn ich dort bin."

„Verdammt, Frau. Und ich dachte, Bärinnen wären dickköpfig."

Elizabeth musterte ihn mit stählernem Blick. „Das war noch gar nichts."

Ronan hätte gerne gelacht. Sie war nicht nur dickköpfig, sie war auch verrückt und mutig. Wenn er sie nicht in Rebeccas Schlafzimmer einsperrte, würde sie zu diesem Laden entkommen, sobald er ihr den Rücken zudrehte. Selbst wenn er sie einsperrte, würde sie einen Weg hinaus finden. Sie gehörte zu dieser Sorte Mädchen.

„Na schön." Ronan zwang sich, seine Stimme nach der erhitzten Diskussion ruhiger klingen zu lassen. „Wir machen es so, wie du es willst. Teilweise. Mabel bleibt hier, und du machst deinen Laden auf. Ich komme mit dir, und ein paar Tracker passen draußen auf."

Elizabeth' Wut ließ nicht nach. „Wandler, die den ganzen Tag auf meinem Parkplatz herumlungern, werden den anderen Ladenbesitzern Sorgen bereiten. Was, wenn sie die Polizei rufen?"

„Keiner wird die Tracker sehen. Sie beherrschen die Kunst der Tarnung, wenn sie wollen. Und in deinem Laden sind dauernd Shifter. Du bist eine der wenigen, die uns reinlassen."

„Sie kommen *einkaufen*. Sie bleiben nicht den ganzen Tag. Das ist ein Unterschied."

„Warum verbannst du die Shifter nicht aus deinem Laden? Es ist deine Entscheidung."

Verärgert über den Themenwechsel, hielt Elizabeth inne. Sie mochte es anscheinend nicht, wenn sie beim Streiten unterbrochen wurde. „Weil ich denke, dass die Gesetze, die Wandler ausschließen, dumm sind. Warum solltest du nicht die gleichen doofen T-Shirts tragen dürfen wie alle anderen?"

Ronan grinste. „Das *Red Hot Lover*-T-Shirt behalte ich. Was ich sagen will, ist: Weil du freundlich zu den Shiftern warst, kümmern sie sich gern um dich, wenn du ihre Hilfe brauchst. Ich stelle dich unter meinen Schutz. Das habe ich schon. Ganz Shiftertown weiß, dass jeder, der dir etwas antun will, zuerst an mir vorbei muss."

„Ganz Shiftertown?" Elizabeth betrachtete ihn skeptisch. „Alle hier wissen das bereits? Wir sind gestern erst spät angekommen."

„Liam hat es verbreitet."

„Um drei Uhr morgens?"

Ronan zuckte mit den Schultern. „Ich habe dir ja gesagt, die Katzen sind nachtaktiv. Heute Morgen weiß es jeder. Im Umkreis von hundert Meilen gibt es keinen Shifter, der sich mir in einem Kampf Mann gegen Mann stellen möchte, daher werden sie dir helfen, dich aber auch in Ruhe lassen. Die Morrisseys stehen im Rang über mir, aber das war's dann auch. Und sie mögen dich ebenfalls."

„Sie kennen mich nicht."

„Du wärst überrascht, was sie alles wissen. Du bist hier sicher, und Mabel ist es auch. Wenn du jetzt mit Streiten fertig bist, lass uns deinen Laden aufmachen."

Ronan wandte sich ab und ging. Seiner Erfahrung nach war die beste Möglichkeit, eine Auseinandersetzung mit einer Frau zu beenden, einfach wegzugehen. Sie standen dann da und schrien einem Dinge nach, aber besser das als ein Streit, der nicht aufhörte.

„Wenn du mich begleiten willst, gibt es ein Problem", hörte er ihre Stimme hinter sich.

Ronan drehte sich um. „Was denn?"

Obwohl sich Elizabeth etwas beruhigt hatte, blitzten ihre Augen noch immer entschlossen. „Die Richterin hat dich zu Hausarrest verurteilt. Du sollst Shiftertown nicht verlassen, außer um zu deiner Arbeit zu gehen."

„Warum lässt du das nicht meine Sorge sein? So, wohin gehen wir jetzt?"

„Du gehst nirgendwo hin. Ich verstehe, warum du Tracker vor meinem Laden als Wache postieren willst. Das scheint sinnvoll. Aber was passiert, wenn ein Polizist vorbeikommt und dich bei mir sieht? Dann werde auch ich verhaftet – wegen Mittäterschaft. Vom Gefängnis aus kann ich meinen Laden nicht führen."

„Ich habe gesagt, lass das meine Sorge sein."

„Vergiss es. Bleib hier und pass auf Mabel auf. Und dieser Spike mit den Tattoos kann nach der Gang Ausschau halten."

Ronan kam zu ihr zurück. „Hier ist mein Angebot, Lizzie-Girl. Ich gehe mit dir, oder du gehst überhaupt nicht."

„Hör auf, mich Lizzie-Girl zu nennen." Sie stieß ihm den Finger in die Brust. „Es ist mein Laden, mein Leben, meine Schwester, und wir machen das so wie ... Hey! Was tust du da?"

Ronan hatte seine riesigen Hände um ihre Taille gelegt und hob sie hoch. Sie zappelte und funkelte ihn böse an, aber er hob sie noch höher, bis über seinen Kopf. Das machte er auch oft mit Olaf, und Elizabeth war nicht viel größer als das Junge.

„Ronan, setz mich ab!"

„Auf keinen Fall, Süße. Nicht bevor du verstanden hast, dass ich jetzt dein Bodyguard bin, und dabei bleibt's."

„Du arroganter ..."

Ronan sah ihre Hand mit ausgestreckten Fingern auf sich zukommen – direkt auf seine Augen. Er duckte sich rechtzeitig weg, aber durch die Bewegung verlor er das Gleichgewicht. Elizabeth trat aus, und obwohl sie ihn nicht traf, hatte der Tritt genug Kraft, dass sie sich aus seinem Griff winden und auf den Füßen landen konnte. Sie hatte ihn nicht getroffen, und doch stand sie da, ein paar Meter von ihm entfernt, die Hände auf den Hüften. Sie atmete schwer und blickte ihn triumphierend an.

„Du hast ein paar schmutzige Tricks drauf", knurrte Ronan.

„Die habe ich schon vor langer Zeit gelernt."

„Weißt du was, Lizzie-Girl?"

Elizabeth streckte eine Hüfte raus. Ach, sie war einfach hinreißend. „Was denn?", fragte sie.

„Ich hab auch ein paar schmutzige Tricks drauf."

Bevor sie schreien konnte, rannte Ronan auf sie zu, hob sie wieder hoch und ließ sich von der Wucht des Anlaufs weitertragen, bis Elizabeth' Rücken an die Wand des Baus stieß. Er drückte sie mit seinem Körper fest gegen die Mauer, damit sie sich nicht winden, nicht treten und keine netten Karate-Bewegungen mit den Händen ausführen konnte.

Elizabeth wehrte sich und funkelte ihn an. Und je mehr sie funkelte, desto mehr war Ronan nach Lachen zumute. Sie roch süß wie der Honig, den sie auf ihren Toast gestrichen hatte. Ein Tropfen davon hing in ihrem Mundwinkel, und er beugte sich vor und leckte ihn ab.

Kapitel Sechs

Elizabeth erstarrte. Sie spürte seinen heißen, feuchten Mund, die Bewegung seiner Zunge, die Wärme seiner Lippen. Er war stark, seine Hände auf ihrer Hüfte bestätigten das, und doch war die Berührung seines Mundes so sanft. Einen Moment lang hing sie schlaff in seinem Griff, bevor sie den Druck ganz leicht erwiderte.

Ihre Gesichter waren einander zugewandt, so nah, dass Elizabeth die verblasste Narbe erkennen konnte, die sich von seinem Wangenknochen bis zu seinem Nasenrücken zog. Wo der Knochen einmal gebrochen gewesen war, nahm sie an.

Sie tat nichts. Ronan musterte sie lange, der Blick seiner warmen Augen glitt zu ihrem Mund.

Langsam legte Elizabeth ihm eine Hand an die Wange. Sie fuhr mit dem Daumen über seine festen Lippen, und dann überwand sie die wenigen Zentimeter zwischen ihnen und küsste ihn.

Ihre Lippen verschmolzen, langsam und genüsslich. Sie fühlte seinen Herzschlag und ihren eigenen, während die texanische Sonne auf sie herabbrannte, heiß und unerbittlich wie das Feuer in ihrem Blut.

„Was ist das denn?", ertönte eine männliche Stimme von der Veranda. Scott, der endlich aus der Dusche gekommen war, lehnte mit freiem Oberkörper, das dunkle Haar noch nass, am Verandageländer. „Du hast mir gesagt, ich soll mich von Menschen fernhalten, Ronan. Wieso gilt das nicht für dich?"

Ronan löste sich aus dem Kuss. Langsam ließ er Elizabeth wieder auf den Boden gleiten und drehte sich um.

„Ich bringe Elizabeth zu ihrem Laden", sagte er. Seine Stimme war weder hart noch belehrend. „Mabel muss beschützt werden. Sie darf sich in Shiftertown frei bewegen, es aber nicht verlassen, und einer von uns muss immer bei ihr sein. Sag das Rebecca."

„Ich bin kein Babysitter", knurrte Scott.

Er war aufsässig, aber Elizabeth spürte, dass er unter Ronans beharrlichem Blick nachgab. Solche Dynamiken hatte Elizabeth schon in jeder Familie beobachtet, in der sie bisher gelebt hatte. Manchmal strahlten die Erwachsenen eine Bedrohlichkeit aus, und das Kind zog sich zurück, die Schultern unterwürfig heruntergezogen. Manchmal hatte auch das Kind die Kontrolle.

Hier hatte eindeutig Ronan das Sagen. „Kein Babysitter", sagte Ronan. „Ein Beschützer. Wie wir alle."

„Bodyguards", sagte Elizabeth. Scott warf ihr einen Blick zu, sah aber sofort wieder zu Ronan. „Ich habe es mir nicht ausgesucht, aber Ronan hat recht", sagte Elizabeth. „Mabel und ich brauchen Schutz, bis wir wissen, wie wir vor diesen Kerlen sicher sein können. Und wenn jemand nach ihr sucht, bin ich froh, wenn du und Rebecca in der Nähe seid."

In Scotts Augen flackerte es abermals, aber die wütende Aufsässigkeit verschwand.

„Nun, wenn du mein Ego streicheln willst, na gut", sagte Scott. „Siehst du, Ronan, man muss nur nett fragen."

Ronan zuckte die Achseln. „Elizabeth ist netter als ich. Sag Rebecca Bescheid, und benimm dich nicht wie ein Idiot."

Scott warf ihm einen verächtlichen Blick zu, aber er war eher spöttisch als verärgert. „Ich werde ihr erzählen, dass du Elizabeth geküsst hast. Du hast doch gesagt, du hättest deinen Paarungswahn längst überwunden."

„Hau ab", knurrte Ronan.

Scott ging, doch jetzt lachte er dabei.

„Ich bin froh, wenn er mit seinem Übergang durch ist", sagte Ronan mit einem Anflug von Verzweiflung in der Stimme. „Es ist, als würde man mit einem Vulkan zusammenleben."

„Was ist ein Paarungswahn?", fragte Elizabeth.

„Gibt es so etwas bei den Menschen nicht?"

„Nein." Sie verschränkte die Arme vor der Brust, sorgte damit für Abstand zu ihm. Sie hätte sich nicht von ihm küssen lassen dürfen, aber, verdammt, es hatte ihr gefallen.

Ronan ging zu seinem Motorrad und überprüfte etwas daran. „Zum Paarungswahn kommt es das erste Mal im Übergang, aber er kann auch über einen hereinbrechen, wenn man einen möglichen Gefährten riecht. Er überfällt einen *immer*, wenn ein Gefährtenantrag angenommen wurde. Paarungswahn bedeutet, dass ein Shifter sich immer wieder paaren möchte, ohne aufzuhören, nicht einmal zum Essen. Vielleicht zum Schlafen, aber nur, um dann aufzuwachen und sich wieder zu paaren."

„Ein außer Kontrolle geratener Sextrieb?", fragte Elizabeth. „Und den hast du besiegt? Ich wusste nicht, dass Männer ihren Sextrieb überhaupt bezwingen können."

Er ignorierte ihren Versuch, witzig zu sein. „Vor langer Zeit hätte ich mir fast eine Gefährtin genommen, aber sie wurde getötet."

Ronan bückte sich, um eine Anzeige an seinem Motorrad zu kontrollieren, doch nicht bevor Elizabeth den rohen Schmerz in seinen Augen sehen konnte. Sie trat auf ihn zu. „Ronan, es tut mir so leid." Sie berührte seine Schulter, die sich so stark anfühlte. „Ich wollte mich nicht über dich lustig machen."

„Es ist jetzt über fünfzig Jahre her. Seitdem habe ich nie wieder jemanden gefunden, mit dem ich mich paaren wollte."

Es schmerzte ihn, das sah Elizabeth ihm an. Manche Schmerzen vergingen nie – ganz gleich, was man dagegen unternahm.

„Wirklich, Ronan, es tut mir leid", sagte sie. „Das hast du nicht verdient."

Wieder ein Achselzucken. „Wir müssen los zu deinem Laden."

Elizabeth ließ es auf sich beruhen. Das hatte sie gelernt. Wenn jemand nicht über seinen Schmerz sprechen wollte, dann wollte er das eben nicht.

Sie ging auf ihren Pick-up zu, aber Ronan schüttelte den Kopf. „Marquez' Leute werden deinen Pick-up erkennen. Wir nehmen mein Motorrad."

„Was spielt das für eine Rolle? Wenn ich in meinem Laden ankomme, werden sie wissen, dass ich da bin."

Ronan sah sie geduldig an. „Es spielt eine Rolle, wenn sie auf der Straße nach deinem Wagen Ausschau halten. Es spielt auch dann eine Rolle, wenn ich dich so schnell wie möglich von dort wegbringen muss."

Elizabeth gab nach. Nicht so sehr weil sie seiner Meinung war, sondern weil sie gern einmal auf diesem Motorrad sitzen wollte. Ihre Haut kribbelte in Vorfreude, als sie darauf zuging. Früher einmal hatte sie selbst eine Harley besessen, bis ein Arschloch sie ihr gestohlen hatte. Sie hatte das Bike nie wieder gesehen.

Das Motorrad war riesig, passend zu seinem großen Besitzer. Ein älteres Modell, sah sie, aber liebevoll erhalten. Er reichte ihr einen Ersatzhelm, den sie aufsetzte, bevor sie sich hinter Ronan setzte. Kraftvoll dröhnte der Motor zwischen ihren Beinen. Sie hielt sich an Ronan fest, der genauso kraftvoll war wie sein Motorrad, und unterdrückte einen Freudenschrei, als er aus der Auffahrt auf die Straße hinausfuhr.

***

Elizabeth ließ alle Sorgen von sich abfallen, um die Fahrt zum Laden genießen zu können. Obwohl Ronan gemächlich fuhr, spürte sie die Energie des Motorrads, sein Bedürfnis, mehr zu geben. Was für ein Paradies es sein musste, diese Maschine auf eine Schnellstraße rauszubringen und loszulassen.

Sie fühlte Ronans Stärke, als er sich in die Kurven legte, das geschmeidige Spiel seiner Muskeln, wenn er sich mit dem Motorrad bewegte. Er konnte fahren und wusste, wie er die Maschine seinem Willen unterwarf, ohne sich sonderlich anstrengen zu müssen.

„Nettes Teil", schrie sie.

Viel zu früh bog Ronan in die Allee hinter ihrem Laden ein.

Alles sah ruhig aus. Ronan ließ sie zuerst absteigen und nahm ihr den Helm ab, verlangte jedoch von ihr, noch zu warten, bis er alles ausgekundschaftet hätte. „Wenn ich es dir sage, steigst du auf das Motorrad und fährst los", sagte Ronan. „Du kannst doch fahren, richtig?"

Elizabeth nickte. Das konnte sie schon, doch diese riesige Maschine wäre eine Herausforderung.

„Gut", sagte er. „Lass mich mal nachsehen."

Durch Ronans Gegenwart fühlte sie sich zugegebenermaßen viel besser. Wäre sie heute Morgen allein in ihrem Pick-up hergekommen, hätte sie gezögert, sich gefragt, ob sie den Laden überhaupt betreten sollte, und möglicherweise aufgegeben. Auch wenn sie so mutig behauptet hatte, dass sie öffnen musste, komme was wolle – jetzt hatte sie doch Angst.

Ronan hinterherzuschauen war gar nicht so übel. Er war groß und kräftig, aber durchtrainiert, ohne überschüssige Pfunde. In den engen Jeans sah sein Hintern wirklich gut aus, und das schwarze T-Shirt, das sich über seinen Schultern spannte, war ebenfalls ein netter Anblick.

Ronan schloss die Hintertür ihres Ladens auf und trat ein. Elizabeth umklammerte den Motorradhelm, bis sie hätte schwören können, dass sie das Plastik verbog. Als Ronan nach fünfzehn Minuten zurückkam, entspannte sich ihr ganzer Körper, und sie öffnete die schmerzenden Finger.

„Scheint alles in Ordnung zu sein", sagte er. „Es ist keiner drin, das Schloss wurde nicht aufgebrochen, und ich kann keine Sprengfallen entdecken."

„Sprengfallen?", fragte Elizabeth mit großen Augen.

„Die werden nicht fair kämpfen. Ich habe nach Stolperdrähten und explosiven Vorrichtungen gesucht, aber ich bin mir ziemlich sicher, dass nichts da ist."

Ziemlich sicher?"

Ronan lächelte. „Ich werde weiter die Augen offen halten. Wie schon gesagt, hat sich keiner an den Schlössern oder Fenstern zu schaffen gemacht, daher glaube ich auch nicht, dass jemand drin war."

Sie atmete tief aus. „Okay. Lass uns reingehen."

Ronan parkte das Motorrad direkt am Hinterausgang und nahm die Helme mit hinein. Die Tür aus der schmalen Gasse führte direkt in ihr Büro, das vom Kampf in der vorangegangenen Nacht immer noch in Unordnung war. Die Tür zum Laden hing schief in den Angeln, und der Türrahmen war gesplittert, wo Ronans riesiger Körper nicht ganz hindurchgepasst hatte.

„Ich werde Spike und Ellison Bescheid geben, dass sie das reparieren", sagte Ronan. „Beide sind gute Schreiner."

„Ich kann ihnen nicht viel zahlen. Für Reparaturen habe ich nicht so viel zurückgelegt."

„Dafür musst du nichts bezahlen. Ich habe die Tür kaputt gemacht, und ich werde dafür sorgen, dass sie repariert wird. Umsonst."

Elizabeth richtete sich vom Boden auf, wo sie Papiere aufgesammelt hatte. „Du meinst, deine Freunde kommen her und ersetzen die Tür und die Gipskartonplatte kostenlos?"

„Sicher. Wir helfen uns gegenseitig aus. Außerdem mag Liam dich, und wenn Liam sagt, das wird umsonst erledigt, dann machen sie es umsonst."

Elizabeth dachte an Liam Morrisseys warme, blaue Augen und den Druck seiner Hände, als er ihre ergriffen hatte. „Bist du sicher, dass Liam mich mag? Du bist verhaftet worden, weil du mir geholfen hast."

„Wenn Liam dich nicht mögen würde, wüsstest du das, glaub mir."

Ja, das glaubte sie gern. Er konnte einen strahlend und charmant anlächeln, aber Elizabeth hatte die Macht gespürt, die er unter Verschluss hielt, das gefährliche Potenzial unter seiner Oberfläche.

Elizabeth ging durch den Laden, räumte auf und brachte die Auslagen wieder in Ordnung, die umgestoßen worden waren. Zumindest war Marquez nicht an den Safe gekommen. Er hatte recht gehabt, Elizabeth hatte ihre Einnahmen wirklich noch nicht weggebracht. Das hatte sie letzte Nacht vorgehabt. Im Safe lagen mehrere tausend Dollar.

Die Polizei hatte Marquez' Schultertasche mit dem Bargeld einbehalten und ihr eine Quittung über hundertachtundsiebzig Dollar ausgestellt.

Elizabeth hob die zerrissenen Stücke eines riesigen T-Shirts auf und betrachtete die Fetzen. Ronans Bärenkörper war quasi aus dem T-Shirt herausexplodiert. Die Stärke, von der der zerrissene Stoff zeugte, ließ sie erzittern. Eine Zeitlang starrte sie die Reste in ihren Händen an, dann rieb sie ihre Wange daran.

Eine große Hand nahm sie ihr weg. „Wirf das in den Müll. Das T-Shirt hab ich zerfetzt. Für das andere schulde ich dir noch was."

Elizabeth errötete, als sie die Fetzen in den Abfall warf. „Nein, nein. Das geht auf mich. Du hast mir das Leben gerettet und den Laden. Das ist das Mindeste, was ich tun kann. Oh, und du hattest gesagt, du wolltest letzte Nacht ein Geburtstagsgeschenk kaufen. Für wen denn?"

„Rebecca. Hast du irgendetwas für eine männermordende Bärin, die nicht gerne daran erinnert wird, dass sie sich ihrem hundertsten Geburtstag nähert?"

Elizabeth versteckte ihr Erstaunen über die *Hundert*. „Ich werde etwas Süßes für sie aussuchen. Das geht dann auch auf meine Rechnung. Ihr wart alle so nett zu mir."

Ronan nickte, als sei das nichts Besonderes, und drehte sich weg, um einen Anruf auf seinem Handy entgegenzunehmen. Während sie sauber machte, bekam sie mit, dass er noch ein paar weitere Anrufe tätigte.

Bevor die ersten Kunden kamen und Elizabeth ins Schaufenster griff, um ihr neonfarbenes „OFFEN"-

Schild umzudrehen - handgefertigt, mit einem langbeinigen Mädchen, das auf dem kurvigen Ende des N saß -, war Ronan mit Telefonieren fertig. Alles war bereit.

„Die Tracker kommen", sagte er. „Wahrscheinlich sind sie schon hier."

„Sagst du einem von denen, er soll mir mein Telefon mitbringen? Wenn Liam es behalten möchte, kann er es haben, aber ich brauche die Nummern, die darin gespeichert sind."

Ronan lachte mit tiefer Stimme. „Er hat genug damit gespielt. Er schickt es mit."

Das Handy wurde von einem großen, breitschultrigen Shifter mit rasiertem Schädel, tiefbraunen Augen und einem über und über verzierten Körper überbracht. Als er es vor Ronan legte, bedachte er Elizabeth mit einem raubtierhaften Lächeln.

„Ich bin Spike", sagte er. „Nett, dich kennenzulernen."

Spike. Der „heiße" Typ, von dem Mabel gesagt hatte, er habe überall Tattoos. Er sah auf jeden Fall ziemlich angemalt aus, sein Muskelshirt gab den Blick auf verschlungene Kunstwerke frei, die sich wie ein lebendes Gemälde über seine Arme zogen. Seine ursprüngliche Haut war nur im Gesicht und an den Händen zu sehen. Wie alle Wandler war er ziemlich muskulös und hatte diese animalische Ausstrahlung. Elizabeth fragte sich, in was er sich wohl verwandelte.

Ronan schob Elizabeth das Handy über den Tresen zu. „Du bist draußen eingeteilt", knurrte Ronan ihn an.

Spike warf Ronan einen Blick zu. Sein durchtriebenes Grinsen wurde breiter. „Du bist der Boss." Ohne Abschiedsgruß ging er hinaus, wobei die kleinen Glocken an der Tür läuteten.

„Katzen", sagte Ronan, als hätte er genauso gut *Idioten* sagen können.

„Liam ist ein Katzenshifter", sagte Elizabeth und steckte ihr Handy in die Hosentasche. „Oder?"

„Alle im Morrissey-Clan sind Katzenshifter. Deshalb ist Liam auch so von sich eingenommen. Wie eine Katze vor einer Schüssel Sahne."

„Und Spike ist auch ein Katzenshifter?"

„Aus einem anderen Clan. Spikes Wildkatze stammt vom Jaguar ab, aber die Morrisseys haben mehr Löwe in sich. Spike ist aus Mexiko hergekommen, die Morrisseys aus Irland."

„Was meinst du mit *mehr Löwe*? Sind sie nicht alle Wer-Löwen oder Wer-Jaguare oder so etwas?"

Ronan schüttelte den Kopf. „Genaugenommen sind wir alle Feentiere. Katzen- und Wolf-Clans haben mehr von einer Katze oder einem Wolf als andere, aber keiner von ihnen ist reinrassig. Nur Bären."

„Natürlich."

„Die Bärenshifter wurden als Letzte erschaffen. Bei uns haben die Feen es endlich richtig hingekriegt."

„Du meinst also, Bären sind die Besten?", fragte Elizabeth, ohne eine Miene zu verziehen.

„Ganz genau."

„Und auch die Bescheidensten, scheint mir."

„Ganz genau." Wie konnte er dabei bitte so ernst bleiben?

„Und du bist ein Kodiakbär, oder?", fragte Elizabeth weiter. „Und Rebecca auch?"

„Sie stammt aus meinem Clan – sehr weitläufig, aber dennoch mein Clan. Es bedeutet, dass ich mich nicht mit ihr paaren kann, was für mich völlig in Ordnung ist. Sie ist ein Ordnungsfreak, das macht mich wahnsinnig."

„Warum wohnst du dann mit ihr zusammen?"

„Ich habe keine große Wahl. Die Menschen haben mich mit Rebecca zusammen einquartiert, als ich nach Shiftertown gebracht wurde. Es gibt nicht genug Häuser für alle, daher bedeutet jede Familienzugehörigkeit, dass man sich ein Haus teilt. Man wohnt sogar zusammen, wenn keine Verwandtschaft besteht, aber zumindest zwingen sie nicht verschiedene Spezies, zusammenzuleben, wenn sie das nicht wollen. Das gäbe ein Blutbad."

Da noch keine Kunden gekommen waren, erlaubte Elizabeth es sich, sich mit den Ellbogen auf den Verkaufstresen zu stützen und weiterzufragen.

„Und die anderen drei? Mabel hat gesagt, du unterhältst quasi ein Waisenhaus für Bären?"

„Ich schätze, so könnte man das beschreiben. Cherie kam zuerst. Sie wurde zehn Jahre lang in einem Gehege gehalten – in einem Gehege, das nur eineinhalb Quadratmeter groß war. Menschen im Norden hatten sie als Junges eingefangen und als Haustier gehalten. Jemand hat es herausgefunden, erkannt, was sie war, und die Polizei verständigt. Die Wandlerbehörde hat sich ihrer angenommen, wusste aber nicht, was man mit ihr tun sollte. Ich habe von Bären in Wisconsin von ihr erfahren – die Shiftertown dort hatte keinen Platz für sie, daher haben sie rumgefragt. Ich habe Dylan – Liams Vater

– von ihr erzählt, und der sagte, wir sollten sie herbringen. Armes Kind. Sie hat lange gebraucht, um sich daran zu gewöhnen, wie ein normaler Shifter zu leben. In manchen Bereichen hat sie sich immer noch nicht eingelebt."

„Das tut mir leid", sagte Elizabeth wie betäubt. Ihre eigene Kindheit war rau gewesen – aber nicht derart rau. „Haben Scott und Olaf eine ähnliche Vergangenheit?"

„Scott kam zu uns, weil die Shiftertown, in dem er lebte, nicht mit ihm fertig wurde. Dort gab es keine anderen Bären, nur Wölfe und Katzen. Es ist schwer genug, innerhalb einer Spezies miteinander auszukommen, aber er ist ein wenig ausgetickt, weil er der einzige Bär dort war. Daher habe ich angeboten, ihn aufzunehmen. Scott ist kein schlechter Kerl, nur etwas nervtötend. Wenn er seinen Übergang hinter sich hat, wird er in Ordnung sein."

„Hat er keine Eltern?"

„Sein Vater ist gestorben, bevor er auf die Welt kam, und seine Mutter starb bei der Geburt. Danach war er auf sich allein gestellt."

„Und Olaf?" Elizabeth biss sich auf die Lippen.

„Er hat miterlebt, wie seine Mutter und sein Vater direkt vor seinen Augen erschossen wurden, aber – der Göttin sei Dank – er erinnert sich nicht deutlich daran. Es waren Jäger oben in der Arktis, nahe Russland. Es hieß, sie hätten nicht gewusst, dass die Bären Shifter waren. Olaf ist süß, daher haben sie ihn nicht umgebracht, sondern haben versucht – wie im Fall von Cherie – ihn als Haustier zu halten. Aber nachdem Olaf einen von ihnen fast getötet hätte, hat die russische Shifterabteilung ihn übernommen und ihn lange eingesperrt. Auch in diesem Fall habe ich mich bereiterklärt, ihn aufzunehmen, als ich davon erfuhr. Das war vor einem Jahr."

Ronan erzählte diese tragischen Geschichten, ohne eine Miene zu verziehen, als sei so etwas alltäglich. Dadurch wirkten sie nur noch schlimmer.

„Das tut mir leid", sagte Elizabeth nochmals. „Es ist so falsch."

„Zumindest habe ich einen guten Anführer in meiner Shiftertown, der mir erlaubt, anderen zu helfen. Manche Anführer können echte Idioten sein. Ich hoffe nur, dass ich den Kindern helfen kann."

„Das hast du bereits", sagte Elizabeth. „Ich bin in einem Waisenhaus aufgewachsen, Ronan. Wenn ich dein Zuhause sehe, erscheint es mir wie ein Paradies. Cherie, Scott und Olaf sind glücklich dort. Sie können normal aufwachsen. Das ist nicht immer so."

Ronan nickte, ohne eingebildet zu wirken. „Es ist komisch. Als ich in der Wildnis gelebt habe, war ich die meiste Zeit allein. So war es mir lieber. Ich hatte meilenweit Platz umherzustreifen und musste niemandem begegnen, wenn ich das nicht wollte. Ich hätte nie gedacht, dass ich als Ersatzvater in einem Haus mit einer reizbaren Bärin und drei Jungbären leben würde. Aber ... nun ja."

„Soweit ich das beurteilen kann, machst du das richtig gut."

Ronan drückte sich von der Theke ab, auf die er sich gelehnt hatte. „Hör auf, mir Komplimente zu machen, Frau. Du bringst mich zum Erröten."

„Na schön. Aber wenn du hier sowieso rumhängst, dann hab ich hier eine Kiste neue Ware, die einsortiert werden muss." Sie sandte ihm einen zuckersüßen Blick. „Da Mabel nicht hier ist, bist du eingestellt."

***

Pablo Marquez sah über den Schreibtisch hinweg seinen kleinen Bruder Julio an, der sich auf das alte Sofa neben dem Getränkeautomaten gefläzt hatte. Julios Gesicht wies Blutergüsse und Schnitte von seinem Kampf mit dem Bären auf, und sein Hinterkopf war noch immer verbunden.

Pablo hatte gehört, dass der Bärenshifter freigelassen worden war, weil er die Richterin irgendwie davon überzeugt hatte, dass er Julio lediglich hatte entwaffnen wollen. Das Problem war, dass Pablo das sogar glaubte. Wenn der Shifter Julio hätte töten wollen, würde dieser nicht mit nur ein paar Blessuren als Andenken hier herumsitzen.

Julio war schweigsam und wütend gewesen, seit Pablo seine Kaution bezahlt und ihn nach Hause gebracht hatte. Pablo hatte einen Gefallen einlösen müssen, um Julio aus dem Krankenhaus holen zu können und so schnell eine Kaution festsetzen zu lassen.

Jetzt hatte er ein Problem. Er unterhielt eine Autowerkstatt, eine großartige Möglichkeit, ein ganz legales Unternehmen zu führen und die anderen Geschäfte außerhalb des offiziellen Radars zu belassen. Er war neu hier in Austin und wollte nicht gleich auffallen. Das war nicht leicht zu bewerkstelligen, wenn sein kleiner Bruder sich etwas so Bescheuertes in den Kopf setzte wie den Überfall auf einen Geschenkartikelladen.

„Ich will sie unter der Erde", sagte Julio. „Diese Schlampe und ihren zahmen Shifter."

„Du wirst sie in Ruhe lassen", sagte Pablo streng. „Was zum Teufel wolltest du dort? Wie viel hättest du da erbeuten können – zwei Riesen vielleicht?"

Julio zuckte mit den Schultern. „Ich hätte gekriegt, was ich gekriegt hätte."

„Was du gekriegt hast, war eine Anklage wegen eines Raubüberfalls." Pablo ballte die Hände zu Fäusten, bis sich die Haut über seinen Knöcheln spannte. Er hatte seiner Mutter versprochen, auf seinen kleinen Bruder aufzupassen, obwohl der Junge ein absolutes Desaster war. Pablo war fünfzehn Jahre älter als Julio, und er hätte schwören können, dass Julio zum Teil der Grund für den Herzinfarkt ihrer Mutter war.

An diesem grausamen Tag hatte Pablo gelernt, dass all sein Geld und all sein Erfolg ihn nicht davor schützen konnten, die einzige Person auf der Welt zu verlieren, die er wirklich liebte. Jetzt war er dazu verpflichtet, sich um Julio zu kümmern und das Beste aus der Situation zu machen.

Er fuhr fort: „Zuerst einmal hast du den Laden nicht ausgekundschaftet. Es war ein Wandler dort, ein großer. Der Typ ist deutlich über zwei Meter groß, und du hast ihn nicht gesehen? *Dios mio*, was hast du statt eines Gehirns in deinem Kopf?"

„Ich hab den Laden sehr wohl erkundet. Zwei Wochen lang habe ich diese Schlampe jeden Abend beobachtet. Ich weiß, wo sie wohnt, was für einen Wagen sie fährt und was sie nach der Arbeit macht – nämlich gar nichts. Sie hat ein langweiliges Leben. Wenn ich sie erschieße, tue ich ihr einen Gefallen. Ich habe alles getan, was ich tun sollte, Pablo."

„Nun, dieser Wandler ist da drinnen nicht aus dem Boden gewachsen. Willst du mir erzählen, dass du nicht gesehen hast, wie er reinging?"

„Nein. Ich wette, er war in ihrem Hinterzimmer, bevor ich kam. Vermutlich hat sie ihn dort gefickt. Wahrscheinlich gefällt es ihr, in ihrem Büro Shifter zu ficken."

Pablo hatte Mühe, geduldig zu bleiben. Julio mochte das F-Wort und genoss jede Möglichkeit, es zu benutzen.

„Und selbst wenn", meinte er. „Der Punkt ist: Er war da, und du wusstest es nicht. Es wäre gerechtfertigt gewesen, wenn er dich umgebracht hätte."

Julio wirkte eingeschnappt. „Was willst du damit sagen?"

„Ich will damit sagen, dass du verkackt hast. Du hast dich entschlossen, eine kleine Nummer zu drehen, und hast es vergeigt, weil du schlampig warst. Du bist ein Idiot."

„Ich will, dass diese Schlampe bezahlt!"

„Und das wird sie. Aber auf meine Tour. Ich versuche, unauffällig zu bleiben, und du ziehst die Aufmerksamkeit auf uns. Sie derart offensichtlich zu töten, würde es nur noch schlimmer machen, also denk nicht mal darüber nach."

Julio sah nachdenklich aus. „Was meinst du damit, sie *offensichtlich* zu töten?"

„Schüsse aus dem fahrenden Wagen, eine Hinrichtung, sogar ein Autounfall – alles, was verdächtig aussieht, wird auf dich zurückfallen, und dann werden die Polizisten nur so über mich herfallen. Das will ich nicht. Verstehst du das?"

Pablo hielt inne, als er Julios schuldbewussten

Gesichtsausdruck sah. „Was ist? Was hast du jetzt angestellt?"

Julios Stimme war so leise, dass Pablo ihn nur mit Mühe verstehen konnte. „Ich habe Menendez und seinen Bruder losgeschickt, um ihr aufzulauern und ihr nach Hause zu folgen."

Pablo erhob sich, die Fäuste auf dem Schreibtisch geballt. „Weißt du, Julio, wenn irgendjemand sonst in meiner Gang so etwas tun würde, wäre er weg vom Fenster. Ich lasse dir diesen Mist durchgehen, weil du mein Bruder bist und ich Mamita versprochen habe, mich um dich zu kümmern. Schnapp dir dein Telefon, und pfeif sie zurück."

„Was zur Hölle? Verdammt, Pablo, wenn du meinen Befehl rückgängig machst, werden sie mich nie respektieren."

„*Respekt*. Du siehst zu viel fern. Pfeif sie jetzt zurück. Ich kann dich immer noch in den Knast gehen lassen, und ich werde es tun."

Julio fluchte, griff aber nach seinem Handy.

Pablo setzte sich wieder und führte nun selbst einige Telefonate. Gegen die Frau mit dem Laden musste er etwas unternehmen, denn sie war eine Zeugin gegen Julio, und er konnte es sich nicht leisten, dass sein Bruder jetzt ins Gefängnis wanderte. Er würde sie auf ihren Platz verweisen, aber er würde subtiler vorgehen, als Julio es jemals könnte. Der Shifter war sein geringstes Problem.

Er ignorierte seinen eingeschnappten kleinen Bruder und machte sich an die Arbeit.

Kapitel Sieben

Spike kam gegen drei Uhr zurück, um Bericht zu erstatten. Ronan sprach allein mit ihm im Büro, während Elizabeth vorn im Laden beschäftigt war. Sie hatte befürchtet, die Kundschaft könnte ausbleiben, wenn bekannt wurde, dass es in ihrem Laden einen bewaffneten Überfall gegeben hatte. Aber offensichtlich war Neugierde eine größere Motivation als Angst.

„Ich habe einen Wagen mit zwei Typen drin gesehen", sagte Spike. „Sie sind ein paar Mal langsam vorbeigefahren, um den Laden zu beobachten. Als sie das vierte Mal vorbeikamen, war einer der beiden am Handy, und dann fuhren sie plötzlich weg. Seitdem habe ich sie nicht mehr gesehen."

„Haben sie dich bemerkt?", fragte Ronan.

„Mich bemerkt niemand, wenn ich nicht bemerkt werden will."

„Sonst noch was?", fragte Ronan.

„Nein, nur diese beiden. Ich werde ein Auge offenhalten, ob ich sie noch mal sehe."

„Danke."

Spike zuckte die Achseln. „Hey, das ist mein Job." Mit leisen, präzisen Bewegungen trat er durch die Hintertür auf die Gasse hinaus.

Vom Büroeingang her sah Ronan zu, wie Elizabeth ihrer Arbeit nachging. Sie hatte Verkaufstalent, befand er. Er beobachtete, wie sie ihre Kunden begrüßte, sich freundlich mit ihnen unterhielt, ohne allzu persönlich zu werden. Dies war ein Geschenkartikelladen, was bedeutete, dass sie von T-Shirts mit lustigen Sprüchen bis zu Plastikhandschellen einfach alles im Angebot hatte. Nichts Geschmackloses, nur lustige Sachen, die in der Regel für Freunde bestimmt waren. Die Kunden waren zumeist gut gelaunt und scherzten miteinander über die verrückten Geschenke, die sie jemandem zu Geburtstag, zum Pensionsantritt, zum Jubiläum, zur Hochzeit oder zum Junggesellenabschied machen wollten.

Elizabeth konnte mit ihrer Art eine ungezwungene Atmosphäre schaffen. Sie half den Leuten, genau das richtige Geschenk zu finden. Ronan sah jedoch, dass sie eine gewisse Distanz wahrte. Solange sie völlig fremden Menschen etwas verkaufte, war das sinnvoll, aber er hatte das auch bei sich zu Hause beobachtet. Elizabeth ließ niemanden nah an sich ran. Sie war freundlich, ja, aber jede persönliche Frage wurde geschickt beiseitegeschoben oder umschifft.

Ronan hatte Sean gebeten, in der Datenbank nach ihrem Namen zu suchen. Sean hatte Zugriff auf ein riesiges Netzwerk, das von den Wächtern in den letzten zwei Jahrzehnten aufgebaut worden war und mehr Informationen enthielt, als sich irgendein Nicht-Shifter vorstellen konnte. Menschen wussten nichts von diesem Netzwerk, das mit einer Menge technischem Know-how und einer Prise Magie funktionierte. Nur die Wächter selbst wussten, wie man damit arbeitete, und nur sie durften es benutzen. Als „Wächter" oder „Hüter" wurden jene Shifter bezeichnet, die mit ihrem Schwert die Körper der Toten oder Sterbenden durchbohrten, um ihre Seelen in das Jenseits zu befördern.

Sean hatte nach Elizabeth' Namen gesucht, aber nichts gefunden. Sie hatte keine Polizeiakte, nicht einmal ein kleines Verkehrsdelikt, und Mabel auch nicht. Elizabeth war laut ihrem Führerschein dreißig Jahre alt und lebte seit sechs Jahren in Austin, wo sie seit fünf Jahren ihren Geschenkartikelladen unterhielt. Sie hatte das Geschäft dem vorigen Besitzer abgekauft, der in den Ruhestand getreten war.

Als Ronan daran dachte, wie geschickt sie Kims Visitenkarte aus seiner Tasche gefischt hatte, machte er sich erneut Gedanken. Elizabeth Chapman hatte Erfahrung als Taschendiebin, und sie kämpfte wie ein Straßenkind. Jugenddelikte wurden zwar unter Verschluss gehalten – aber nicht für die Wächter, die sich in alles einhacken konnten.

Sean hatte das kleine Detail erwähnt, dass es über Elizabeth vor ihrem Umzug nach Austin keinerlei Daten gab. Es gab einen Hinweis auf eine Anschrift in El Paso, die sie angegeben hatte, als sie ihre Wohnung in Austin gemietet hatte, aber die genannte Adresse in El Paso existierte nicht. Als Nachweis für ihren Wohnsitz, ihr Einkommen und alles andere hatte sie ihren Laden angegeben. Auch als Sicherheit für das kleine Haus, das sie vor ein paar Jahren gekauft hatte. Sie hatte alle ihre Steuern gezahlt, es gab keine Geschäfte unter der Hand, und sie hatte eine Sozialversicherungsnummer, Bankkonten und ein Rentenkonto für sich und Mabel.

Wer also war Elizabeth Chapman gewesen, bevor sie Elizabeth Chapman geworden war? Und warum hatte sie jemand anders werden müssen?

Der Laden war gut besucht, aber Elizabeth schloss um acht, als sich die Menge allmählich lichtete. Es waren noch Menschen auf den Straßen unterwegs, die nach Restaurants suchten oder zur Brücke runtergingen, um zu sehen, wie die Fledermäuse herauskamen, aber bis auf den harten Kern waren alle Kunden gegangen. Elizabeth schaltete ihr Ladenschild aus und schloss ab.

„Ich werde heute Abend diese Einzahlung machen", sagte sie und begab sich ins Büro. „Du bist den ganzen Tag hier gewesen, Ronan. Hast du nicht auch eine Arbeit, der du nachgehen musst?"

„Ich fange um neun an", sagte Ronan. „Ich halte unterwegs an der Bank."

„Geh nur. Spike kann mich fahren. Ich möchte nicht, dass du meinetwegen zu spät kommst. Du hast bereits so viel für mich getan."

Ronan baute sich vor ihr auf. „Spike fährt wie ein Irrer und muss außerdem in die gleiche Richtung wie ich. So schnell wirst du mich nicht los, Süße."

„Wohin denn?" Elizabeth schnappte sich ihre Geldtasche und schaltete das Licht aus. „Wo arbeitest du überhaupt?"

„In einer Shifterbar." Er öffnete die Hintertür für sie, ging aber selbst voraus, wie es Shifter immer taten, um zu überprüfen, dass es sicher war. „Ich bin der Türsteher. Komm doch mal vorbei."

***

Ronan fuhr sie auf seinem Motorrad zur Bank um die Ecke und hielt Wache. Allerdings blieb er außer Reichweite der Bankkameras, während Elizabeth die Einzahlung in das Fach legte. Danach hatte sie frei.

Als Ronan auf die Congress Avenue abbog und sich auf den Weg zur Brücke und der Innenstadt machte, fühlte Elizabeth wieder die berauschende Freude, einfach mit ihm zu fahren. Sie wünschte, sie könnten durch die ganze Stadt fahren und immer weiter – bis zu den langen, leeren Highways, von denen es in Texas so viele gab. Da draußen in der Dunkelheit wären sie frei.

Aber Ronan musste sich um andere kümmern und sie auch. Verantwortung war eine Fessel, aber zumindest in Elizabeth' Fall war es eine aus Liebe geknüpfte Fessel. Während sie auf die beleuchtete Kuppel des Capitols zuhielten, dachte sie, dass es auch bei Ronan Fesseln der Zuneigung waren, die ihn hier hielten – auch wenn es nicht so begonnen hatte.

Ronan fuhr durch die Innenstadt und wieder hinaus in die Dunkelheit und die verlasseneren Straßen. Vor einer Bar in der Nähe des freien Geländes, das die Shiftertown umgab, hielt er an. Die Bar war ein gedrungenes, dunkles Gebäude ohne Fenster mit einem kleinen Parkplatz, der bereits voller Menschen war. Nein, nicht Menschen ... Wandler.

Es gab auch mehrere Menschen in der Menge, bemerkte Elizabeth, als sie abstieg und auf die Bar zuging. Hauptsächlich Shiftergroupies, soweit sie sehen konnte – Menschen beiderlei Geschlechts, die die Nähe von Wandlern suchten. Manche von ihnen trugen falsche Halsbänder. Mehrere Frauen musterten Ronan mit Interesse, was Elizabeth aus irgendeinem Grund ärgerte.

Es war einiges los hier. Aus der Jukebox dröhnte Musik, und Shifter-Kellnerinnen eilten hin und her, um Bier zu servieren und leere Gläser wegzuräumen. Elizabeth fiel auf, dass der Barkeeper menschlich war. Vielleicht war es Wandlern nicht erlaubt, Getränke auszuschenken. Die Bar gehörte Liam Morrissey nicht, das wusste sie – sie gehörte einem Menschen. Wandler durften keinen Grundbesitz haben, aber Liam konnte für den menschlichen Eigentümer arbeiten und das Management übernehmen.

Einige Shifter grüßten Ronan mit Namen oder einem Handschlag, während er vorbeiging. Interessanterweise wurde auch Elizabeth von vielen mit Namen begrüßt, unter anderem von der über eins achtzig großen Glory, die eine regelmäßige Kundin in Elizabeth' Laden war. Doch die Grüßenden sahen stets zuerst respektvoll zu Ronan.

Ronan blieb dicht an Elizabeth' Seite, während er sie durch die Menge führte. Einige der Groupies blickten sie neidisch an, andere voller Ablehnung.

Kim Fraser kam auf sie zu. Sie schloss Elizabeth in die Arme und drückte sie. „Schön, dass ihr da seid. Lasst uns ins Büro gehen."

Elizabeth warf Ronan einen Blick zu, der den Kopf schüttelte. „Was ist los?", fragte er mit tiefer Stimme.

„Nichts Schlimmes. Liam will euch nur sprechen."

Elizabeth hielt inne. „Ich möchte Mabel anrufen. Wir bleiben gern regelmäßig in Kontakt."

„Mabel ist hier." Kim deutete auf eine Ecke am anderen Ende der Bar, in der Mabel mit dem schlaksigen Connor Morrissey, Scott und einer dunkelhaarigen Shifterfrau saß, die offensichtlich schwanger war. Die dunkelhaarige Frau nickte Kim zu, sagte etwas zu Mabel und deutete zu ihnen hinüber. Mabel sah sich um und winkte Elizabeth fröhlich zu.

„Andrea wird auf sie aufpassen", sagte Kim. „Bei Ronan ist ihr die Decke auf den Kopf gefallen, deshalb meinte Liam, es wäre in Ordnung, wenn sie vorbeikäme. Keine Sorge, sie ist in guten Händen."

Elizabeth würde mit ihrer Schwester sprechen müssen. Mabel war volljährig, das war nicht das Problem, aber sie sah zu entspannt aus, wie sie dasaß und mit den Shiftern lachte und redete. Sie akzeptierte die Leute immer so, wie sie waren. Einerseits war das etwas, das Elizabeth immer an ihr bewundert hatte, aber andererseits war Mabel nicht gerade gut darin, den Charakter eines Menschen einzuschätzen.

Oder vielleicht versuchte Elizabeth zu sehr, sie zu beschützen. Wenn es um Mabel ging, war sie immer hin- und hergerissen. Sie wollte sie einerseits vor dem Bösen auf der Welt beschützen, und andererseits befürchtete sie, dass sie sie mit zu vielen Einschränkungen ersticken würde.

Kim führte Elizabeth zu einer Tür, auf der „Privat" stand. Ronan war so dicht hinter ihr, dass sie seine Körperwärme spüren konnte.

Auf der anderen Seite der Tür fand sie Liam Morrissey in einem unaufgeräumten Büro. Liam saß hinter einem Schreibtisch, die langen Beine auf den Schreibtisch gelegt, und hielt ein Baby auf dem Schoß.

Elizabeth war sich nicht sicher, was unpassender war: Das Kind, das von Liams großen Händen hochgehalten wurde, oder der Mann, der auf der anderen Seite des Raums stand, ein riesiges Schwert auf den Rücken gebunden, dessen Griff über seinem Kopf herausragte.

„Er ist minderjährig", sagte Elizabeth mit einem Blick auf das Baby.

„*Sie*", verbesserte Liam. „Katriona Sinead Niamh Morrissey. Sinead nach ihrer Tante, Niamh nach ihrer Großmutter und Katriona, weil wir den Namen mochten. Sie ist vor drei Monaten auf die Welt gekommen."

„Und man könnte denken, sie sei die Königin der Götter", sagte Ronan. „Bei all der Aufmerksamkeit, die sie bekommt." Damit ging er um Elizabeth herum zu dem Baby und piekste es sanft mit dem Finger in den Bauch.

„Ist sie ein Shifter?", fragte Elizabeth.

Kim streckte die Hände nach dem Kind aus. Als sie Katrionas Taille umfasste, richtete Liam sich zu ihr auf und küsste sie auf die Lippen. Es war ein warmer, liebevoller Kuss. Der Blick in Liams Augen ließ Herzen schmelzen.

Elizabeth' Gedanken wanderten zurück zu dem Moment, als Ronan heute Morgen ihren Mundwinkel geküsst hatte. Seine Lippen waren glatt und warm gewesen, sanft. Und erregend.

Sie schluckte und zwang sich, Ronan nicht anzublicken, während Kim Katriona unter dem Kinn streichelte.

„Ich kann es kaum abwarten, zu sehen, wie ihre Wildkatze aussieht", sagte Kim. „Bis wir das wissen, wird es noch ein paar Jahre dauern. Kinder von Menschen und Wandlern werden als Menschen geboren und wechseln erst die Gestalt, wenn sie etwa drei Jahre alt sind. Bei reinen Shifterjungen ist es umgekehrt."

Kim setzte sich Katriona auf die Hüfte, während sie sprach. Das Baby sah alle mit großen, blauen Augen an und versuchte, sich die gesamte Faust in den Mund zu stecken. Kim durchquerte den Raum zu dem Mann mit dem Schwert, dessen grimmige Haltung sich entspannte, als er das Baby an der Nase berührte.

Ronan war der Einzige, der nicht entspannt war. „Was möchtest du, Liam? Elizabeth hatte einen langen Tag. Ich habe sie hergebracht, weil ich dachte, sie könnte sich etwas entspannen und dann nach Hause gehen."

„Das wird sie auch." Liam behielt seine lässige Pose bei – Füße auf dem Schreibtisch, die Hände jetzt hinter dem Kopf verschränkt. Aufmerksam behielt er alles im Blick, wollte es sich aber nicht anmerken lassen.

Ronan trat einen Schritt näher zu Elizabeth, und sie spürte die festen Muskeln in seinem Arm, als er ihn ihr um die Schultern legte. „Was willst du, Liam?", fragte er noch einmal scharf.

„Nur eine Unterhaltung. Zuerst einmal möchte ich Elizabeth sagen, dass wir dankbar sind für ihre Aussage, die dich vor dem Gefängnis bewahrt hat." Liam nickte ihr zu. „Es war mutig von dir, für ihn einzutreten."

„Es war mutig von Ronan, einen bewaffneten Typen anzugreifen", erwiderte Elizabeth. „Ich konnte nicht zusehen, wie er dafür bestraft wird."

„Viele Menschen können das aber." In Liams Blick lag keine Feindseligkeit, doch gleichzeitig fingen seine blauen Augen sie in einem Netz ein, das so fein gewebt war, dass man es erst bemerkte, wenn es zu spät war.

„Du bist einzigartig, Elizabeth Chapman", sagte Liam. „So einzigartig, dass ich absolut nichts über dich herausfinden kann. Nicht ein Fitzelchen Information. Ich verbessere mich – Sean kann nichts über dich herausfinden, und Sean ist darin eigentlich ein Meister." Er sah zu dem Mann mit dem Schwert, der schweigend am anderen Ende des Zimmers stand.

Elizabeth' Mund wurde trocken. Ihr war, als würde die Kontrolle über ihr Leben hinweggespült wie ein Ast in einer Sturmflut. Sie hatte gedacht, sie wäre sicher – sie hätte sicher sein sollen. *Niemand wird je in der Lage sein, das zu cracken*, hatte ihr Freund gesagt, und sie hatte ihm eine ordentliche Menge Geld dafür gezahlt, dass das so blieb.

„Aber du weißt doch alles über mich", sagte sie mit erzwungen ruhiger Stimme. „Mir gehört der Geschenkartikelladen. Ich bin Mabels Schwester, und es macht mir nichts aus, wenn Wandler in meinen Laden kommen. Das ist alles, was man wissen muss."

Liams Stimme blieb leise, aber er brauchte nicht zu schreien, um sie wissen zu lassen, dass er die Autorität in diesem Raum besaß. „Siehst du, Elizabeth, als Anführer der Shiftertown ist es meine Aufgabe, meine Shifter zu beschützen. Du hast Ronan sehr geholfen, und dafür bin ich dir dankbar. Aber Ronan geht ein Risiko ein, indem er dir beisteht. Und ein Risiko für Ronan ist ein Risiko für mich und alle, die in seinem Haus leben. Vielleicht sind deine Geheimnisse ganz unschuldig. Vielleicht sind sie völlig harmlos." Liam stellte die Füße auf den Boden und erhob sich zu seiner gesamten respekteinflößenden Größe. Sein Charme war verschwunden. „Aber vielleicht auch nicht. Daher will ich, dass du mir die Wahrheit sagst, Elizabeth Chapman, bevor ich dich wieder aus diesem Büro lasse. Wer genau bist du?"

Kapitel Acht

Ronan erkannte Elizabeth' Angst an ihrem scharfen Geruch. Auch ihren Trotz konnte er riechen, noch bevor sie antwortete.

„Das geht dich wirklich überhaupt nichts an, Liam", sagte sie laut und deutlich.

Liams Augen weiteten sich, und trotz seiner wachsenden Besorgnis hätte Ronan fast gelacht. Die arrogante Katze hatte sich daran gewöhnt, dass die Leute ihr ohne Frage zu stellen gehorchten. Mit *Leuten* waren alle bis auf seine Frau, seinen Bruder, Vater und Neffen gemeint. Alle anderen kuschten vor ihm.

„Wenn du in Shiftertown bist, unterstehst du meinem Gesetz", sagte Liam. „Es geht mich etwas an."

„Wir sind im Moment nicht in Shiftertown." Elizabeth machte einen Schritt auf ihn zu. Sie hatte Angst, das erkannte Ronan, aber sie tat es dennoch. „Meine Vergangenheit hat nichts mit Wandlern zu tun, und ich denke nicht, dass sie Wandler in Gefahr bringen könnte."

„Wirst du das mich beurteilen lassen?", fragte Liam.

„Nein. Wie bereits gesagt: Es geht dich nichts an."

„Mädchen." Liams Stimme nahm einen weicheren Ton an, was bedeutete, dass er wieder versuchen würde, sie zu überreden. „Einer meiner besten Kämpfer bewacht dich. Ich möchte wissen, wen er bewacht. Ich kann nicht riskieren, ihn in Gefahr zu bringen. Und für seine Familie gilt das Gleiche."

„Ich habe nie gesagt, dass er mich beschützen soll", sagte Elizabeth. „Wenn du nicht möchtest, dass ich die Wandler in Gefahr bringe, können Mabel und ich Shiftertown jederzeit verlassen."

Sie wollte sich umdrehen. Ronan hielt sie auf, indem er einfach stehen blieb. „Du gehst nirgendwo hin, bis die Bedrohung gegen dich beseitigt ist."

Bei dem Wort *beseitigt* zuckten Elizabeth' Lider. „Wenn Liam nicht zufrieden ist, bevor er alle meine Geheimnisse kennt, dann kann ich nicht bleiben", sagte sie. „Da muss ich ihn enttäuschen."

„Mädchen", setzte Liam noch einmal in einem beschwichtigenden Tonfall ein.

„Lass sie in Ruhe, Liam", sagte Ronan. Er blickte Elizabeth in die blauen Augen, nicht zu Liam. „Sie will es dir nicht sagen."

„Ronan, sie benutzt einen falschen Namen. Bis vor sechs Jahren hat sie nicht existiert."

„Sie existiert jetzt."

„Ronan ..."

„Ich sagte, *lass sie in Ruhe, Liam.*"

Stille senkte sich über den Raum. Fast erwartete Ronan, dass Sean durch den Raum rennen und seinem Bruder zur Seite stehen würde, sein Schwert eine stumme Drohung. Er hatte das schon einmal beobachtet und miterlebt, wie Shifter unter dem starren Blick der beiden Alphas einknickten.

Sean bewegte sich nicht und schwieg. Auch Kim, die normalerweise immer eine Meinung zu allem parat hatte, blieb stumm. Selbst das Baby Katriona war still.

„Möchtest du das offiziell machen?", fragte Liam leise. „Für sie verantwortlich sein?"

„Für sie bürgen, meinst du?", Ronan begegnete Liams Blick. Er hatte bereits für Scott, Cherie und Olaf gebürgt – Shifter ohne Clan oder Familie, die eine schlimme Vergangenheit hatten. Niemand konnte wissen, was die Jungen anstellen würden oder zu welcher Art Erwachsener sie heranwachsen würden. Ronan hatte bei seinem Leben geschworen, dass sie keine Bedrohung für die Gemeinschaft darstellen würden. Nun forderte Liam ihn auf, das Gleiche für Elizabeth zu tun.

„Nein", antwortete Ronan.

Liams Augen weiteten sich noch mehr, und Kim rührte sich. „Liam, hör auf. Du auch, Ronan. Das ist Elizabeth' Entscheidung. Sie ist kein Junges. Sie ist noch nicht einmal ein Shifter. Für sie gelten diese Regeln nicht."

„So sehr es mir widerstrebt, dir widersprechen zu müssen, Schatz, aber das tun sie sehr wohl", sagte Liam. „Wirst du zulassen, dass er für dich bürgt, Elizabeth? Das bedeutet, wenn du uns anlügst oder eine falsche Bewegung machst, trägt er dafür die Verantwortung."

„Nein!", erwiderte Elizabeth heftig. „Was ist nur mit euch allen los? Ich habe euch nicht gebeten, uns nach Shiftertown zu bringen. Ich bin dankbar für eure Hilfe, aber ich muss hier nicht bleiben. Also vielen Dank, aber auf Wiedersehen."

Wieder hinderte Ronan sie am Gehen, schlicht dadurch, dass er zu groß war, um einfach an ihm vorbeizugehen. „Ich habe gesagt, dass ich nicht für dich bürgen werde", erklärte er. „Weil ich da noch einen draufsetze und dir ein Gefährtenversprechen gebe."

„Ronan", sagte Liam warnend.

„Gefährtenversprechen?", fragte Elizabeth. Sie trat einen Schritt zurück und stieß dabei gegen Liams Schreibtisch. „Was bedeutet das?"

„Es bedeutet, dass ich nicht nur für dich bürgen werde, sondern sicherstelle, dass sich alle Shifter – Liam eingeschlossen – von dir fernhalten. Der Gefährtenbund übersteigt die Autorität des Clanführers und sogar die des Anführers der Shiftertown. Wenn Liam ein Problem mit dir hat, muss er zuerst an mir vorbei. Und du kannst mir glauben, wenn ich sage, dass er das lieber nicht möchte."

Statt sich aufzuregen, setzte Liam sich wieder, lehnte sich in seinem Stuhl zurück und setzte sein irritierendes irisches Grinsen auf. „Das ist eine interessante Lösung", sagte er. „Sehr interessant."

Elizabeth sah von Liam zu Ronan. „Was bedeutet das? Dass ich jetzt deine Gefährtin bin? Ich will keinen Gefährten!"

„Erzähl ihr, dass sie den Bund ablehnen kann", verlangte Kim. „Sei fair. Sie kennt diese komplizierten Wandlerregeln nicht."

Liam zuckte mit den Achseln. „Ein Gefährtenversprechen bedeutet nur, dass Ronan dich nun beschützt und du für alle anderen männlichen Shifter tabu bist. Es bedeutet nicht, dass er dein Gefährte ist. Noch nicht. Und ja, du kannst das ablehnen. Er kann es dir nicht aufzwingen." Die letzten Worte sprach er zögernd, als wäre er glücklich, wenn Elizabeth sich dem Versprechen nicht mehr entziehen könnte.

„Dann lehne ich …"

Ronan legte Elizabeth die Finger über die Lippen. „Warte. Lass es zuerst einmal auf dich wirken. Wenn du unter meinem Gefährtenversprechen stehst, kann Liam dich nicht zwingen, ihm deine Vergangenheit zu erzählen und was er sonst noch aus dir herausbekommen möchte. Ich bleibe bei dir und beschütze dich vor wütenden Gang-Bossen, die dich umbringen wollen. Sobald die Gefahr vorbei ist, kannst du den Antrag ablehnen. Wir können dich nicht davon abhalten. Das ist Shiftergesetz."

„Ich bin kein Shifter", sagte Elizabeth, und ihr Atem strich warm über seine Finger.

„Das spielt keine Rolle. Ich bin einer. Elizabeth Chapman, ich beanspruche dich als Gefährtin, das bezeugen Liam, der Anführer der Shiftertown in Austin, Sean, der Wächter, Kim, die Gefährtin des Anführers, und Katriona, seine Erstgeborene."

Als Elizabeth ihn über seine rauen Finger hinweg anstarrte, spürte Ronan, wie etwas in ihm *klickte*, als wäre etwas, das lange ungelöst gewesen war, nun endlich abgeschlossen.

Elizabeth war eine Kämpfernatur, das erkannte Ronan. Darin glich sie ihm, genau wie den Jungen in seinem Haus und auch Liam und seiner Familie.

Elizabeth atmete tief ein. „Na schön. Dann nehme ich das erst mal so hin."

Ronan entspannte sich. Er spürte, wie die Anspannung aus ihm wich. Mit erhobenem Kinn erwiderte Elizabeth seinen Blick. Es war nichts Unterwürfiges an ihr.

„Aber das bedeutet nicht, dass ich alles tun werde, was du sagst", fügte sie hinzu.

Ronan knurrte, plötzlich war ihm ganz verspielt zumute. Na warte, wenn er sie erst nach Hause gebracht hatte und sie ihn dann so herausfordernd ansah ... Er hatte noch nie jemanden als Gefährtin beansprucht. Fühlte sich das so an? Eine unerwartete Leichtigkeit, ein plötzliches Hochgefühl? Aufregung und Vorfreude auf den nächsten Moment – auf jeden Moment? Ronan wollte nicht mehr seine Schicht übernehmen. Er wollte Elizabeth nach Hause bringen und einfach nur bei ihr sein.

Liam sah an Ronan vorbei zu seinem Bruder. „Sean? Du hast noch gar nichts gesagt. Was meinst du?"

Sean gab seine lässige Haltung auf, nahm sein Schwert ab und warf es auf das zerschlissene Sofa. „Ich denke, dass du mich wegen nichts und wieder nichts nach hinten gerufen hast, weg von meiner Gefährtin", sagte er und ging zur Tür. „Elizabeth weiß, was sie tut, und du brauchst mich nicht."

Ohne ein weiteres Wort öffnete der ruhige Morrissey die Tür sperrangelweit und ging leise hinaus. Ronan beobachtete, wie er direkt auf Andrea zuhielt, die ihn mit einem herzlichen Lächeln empfing.

***

Elizabeth spürte die Veränderung in Ronan, als er sie aus dem Büro führte. Er leitete sie mit der Hand in ihrem Rücken, mit nur sanftem Druck, aber so, dass sie es nicht ignorieren konnte.

Ihr fiel auf, dass alle Wandler sie neugierig anstarrten, als sie aus dem Büro kamen. Dann blickten sie zu Ronan und wieder zu Elizabeth, bekamen einen leeren Gesichtsausdruck, und sahen weg oder wichen zurück. Sie machten das ganz unauffällig, aber es war da. Elizabeth hatte keine Ahnung, woher sie wussten, dass Ronan ihr ein „Gefährtenversprechen" gegeben hatte. Es spielte keine Rolle, sie wussten es.

Sean saß jetzt mit Mabel und der dunkelhaarigen, schwangeren Frau in einer Nische, und Elizabeth machte sich auf den Weg zu ihnen. Ronan blieb dicht an ihrer Seite. Scott hatte seinen Platz geräumt, doch Mabel und Connor saßen noch da – eng beieinander.

Bevor Elizabeth und Ronan es durch den Raum geschafft hatten, kam ein großer, blonder Mann in Cowboystiefeln und einem Hemd mit Button-down-Kragen direkt auf sie zu. Seine hochgekrempelten Ärmel entblößten kräftige Unterarme. Die Jukebox spielte eine Country-Nummer mit einem düsteren Unterton von Rock.

„Hey, hallo", sagte der Wandler. „Ich bin Ellison, und ich brauche jemanden zum Tanzen. Weiblich – also kommst du nicht in Frage, Ronan."

Er hatte Ronan nicht angesehen, weil sein Blick an Elizabeth kleben geblieben war. Seine grauen Augen zeigten die raubtierhafte Färbung eines Wolfs.

Elizabeth zuckte mit den Schultern, sie hatte richtig Lust zu tanzen. Die Musik hatte einen guten Beat, und sie mochte den Song. „Sicher, gern."

Ellison reichte ihr die Hand, atmete scharf ein und sah Ronan an. Obwohl dieser sich nicht bewegte und kein Wort sagte, zog Ellison ein langes Gesicht. „Oh, verdammt, Ronan. Warum ist jede hübsche Frau, die sich Shiftertown nähert, vergeben, bevor ich sie auch nur kennenlerne? Ihr solltet mir mal eine übrig lassen."

„Wer zuerst kommt ...", sagte Ronan.

„Du weißt, dass du es ablehnen kannst?", sagte Ellison zu Elizabeth. „Das Gefährtenversprechen, meine ich."

„Das wurde mir gesagt." Elizabeth war es plötzlich leid. Sie hatte sich um Mabel und ihr Geschäft gesorgt, das vielleicht in diesem Moment von einem von Marquez' Männern niedergebrannt wurde. Jetzt kamen auch noch Shifter, Gefährtenversprechen und Machomänner dazu, die Frauen einfach wie ein Stück Fleisch weiterreichten. Na schön, das Letzte war etwas ungerecht, aber sie schienen zu denken, dass Frauen etwas waren, das man vor anderen Männern und dem Rest der Welt beschützen musste.

Elizabeth drückte die Schultern durch. „Ich sagte, ich möchte tanzen. Musst du nicht arbeiten, Ronan?"

Wenn sie geglaubt hatte, Ellison würde lachend mit ihr davontanzen, hatte sie sich geirrt. Ellison hielt seinen Blick auf Ronan gerichtet. „Macht es dir etwas aus?", fragte er. „Ich verspreche, dass ich sie nicht anfasse."

Ronan dachte einen Moment nach, dann nickte er. „Pass auf sie auf."

„Garantiert. Na komm, bevor das Lied vorbei ist."

Ellison führte Elizabeth davon, achtete aber sorgfältig darauf, sie nicht zu berühren, bis sie die

Tanzfläche erreicht hatten. Elizabeth schaute über ihre Schulter hinweg Ronan an, der ihnen reglos nachblickte. Eine Weile starrte er die beiden an, dann wandte er ihnen seinen breiten Rücken zu und machte sich auf den Weg zum Clubeingang, wo er sich wie ein Wachturm aufbaute.

Ellison war ein guter Tänzer. Trotz seiner Größe besaß er Eleganz, geriet nie aus dem Rhythmus und führte Elizabeth so, dass auch sie nicht aus dem Takt kam. Schwungvoll wirbelte er sie herum und tanzte mit ihr im Kreis. Doch bei alldem war sie sich immer Ronans bewusst. Zwischen ihnen und Ronan lag der gesamte Club, aber Elizabeth konnte ihn an der Tür spüren, solide wie ein Felsblock, die kräftigen Arme vor der Brust verschränkt. Mit aufmerksamem Blick nahm er alles wahr.

Als das Lied endete, begann ein ähnliches, und Elizabeth war gern bereit, weiterzutanzen.

„Bist du der Ellison, von dem Ronan gesagt hat, dass er mir mit einer Schreinerarbeit helfen würde?", rief sie über die Musik hinweg.

„Ja", rief Ellison. „Spike und ich kommen morgen vorbei. Sonntags ist der Laden geschlossen, stimmt's?"

Das war er, aber Elizabeth ging für gewöhnlich dennoch hin, um Papierkram zu erledigen, Bestellungen und Inventuren fertigzumachen. „Sag mal", begann sie, „warum benehmen sich alle so, als ich würde ich Ronan gehören?"

„Weil du das tust, wenn er dir ein Gefährtenversprechen gemacht hat. Das bedeutet, dass alle anderen Shifter die Finger von dir lassen müssen."

„Ich dachte, das sei, um für meine Sicherheit zu sorgen", meinte Elizabeth, „nicht, um mir irgendwelche Vorschriften zu machen."

Ellison trat näher an sie heran. „Schätzchen, wir sind Shifter. Das bedeutet, dass wir uns die meiste Zeit wie liebestolle Hunde verhalten. In dem Moment, als du hier hereingekommen bist, wollte jeder Mann hier, der keine Gefährtin hat – und das sind die meisten – ein Freudengeheul anstimmen. Aber jetzt, da Ronan dich für sich beansprucht, wissen wir, dass wir uns zurückhalten müssen. Wenn du den Antrag ablehnst, werden alle wieder hinter dir her sein. Plötzlich Rivalen statt Freunde. Bis jemand anders uns mit dem Gefährtenversprechen zuvorkommt."

„Ist das dein Ernst?"

„Ja, vollkommen."

Als der Tanz sie wieder voneinander trennte, dachte Elizabeth über seine Worte nach. Ihr Leben lang hatte sie alles dafür gegeben, unabhängig zu bleiben, um nicht wegen ... nun nicht wegen irgendetwas auf einen Mann angewiesen zu sein. Sie hatte miterleben müssen, wie Freundinnen Opfer gewalttätiger Männer geworden waren und dennoch dachten, sie könnten nicht ohne diese leben. *Wenn ich ihn verlasse, wer kümmert sich dann um mich?*, fragten sie.

Elizabeth hatte gelernt, für sich selbst zu sorgen. So gut, dass sie in der Lage gewesen war, ihre Sachen zu packen und zu gehen, als es nötig war. Ihr Leben wäre die reinste Hölle geworden, wenn sie nicht weggelaufen wäre. Mabels Wohl hatte eine wichtige Rolle bei ihrer Entscheidung gespielt.

Jetzt war sie in eine Gesellschaft geraten, in der Männer sich nichts dabei dachten, offen zu sagen: *Diese Frau gehört mir. Hände weg.* Tiere bekämpften sich in der Paarungszeit, manchmal bis auf den Tod, und Shifter hatten eine Menge Tier in sich.

Sie blickte über die Schulter zu Sean und Andrea, die jetzt allein in der Nische waren. Mabel und Connor tanzten in der Nähe. Sean saß an der Wand, und Andrea hatte sich in seinen Armen an ihn gelehnt. Seine Hand lag auf ihrem Bauch, wo sein Kind ruhte. Beschützend, ja, aber auch liebevoll. Das eine hatte nach Elizabeth' Erfahrung nicht immer mit dem anderen zu tun.

Sie dachte zurück an Liam und Kim, an die ungezwungene Nähe zwischen den beiden und daran, wie Liam Katriona mit einem Blick voller Liebe auf seinem Schoß hielt. Vielleicht hatten diese Shifter etwas gefunden, dem Elizabeth in ihrem ganzen Leben noch nicht begegnet war.

Elizabeth sah zu Ronan, der an der Tür stand und die Leute beim Rein- und Rausgehen beobachtete. Als er ihren Blick auffing, lächelte er nicht, sondern nickte ihr beruhigend zu.

Eine leichte Wärme wand sich durch ihr Herz. Sie würde ihn dafür büßen lassen, dass er ihr so offensichtlich seine „Erlaubnis" gegeben hatte, mit Ellison zu tanzen. Andererseits war es ein schönes Gefühl, dass Ronan für sie da war. Wenn sie irgendjemanden für sich eintreten lassen würde, wäre Ronan eine gute Wahl.

In der Zwischenzeit hatte sie Spaß daran, mit Ellison zu tanzen. Zum ersten Mal seit dem Überfall entspannte sie sich. Sie wusste, dass niemand in diese Bar kommen und sie bedrohen oder umbringen würde, nicht, solange Ronan Wache stand und so viele Wandler hier waren. Marquez, oder wen er ihr auch immer hinterherschickte, würde es keinen Meter weit in die Bar schaffen.

Es war merkwürdig, dass sie ausgerechnet in einer Shifterbar direkt vor den Toren Shiftertowns sicher sein sollte. Sie entschied sich, das Gefühl zu genießen, solange es anhielt.

Die Bar schloss um zwei Uhr, aber als Elizabeth gegen Mitternacht endlich aufhörte zu tanzen und sich hinsetzte, war sie erschöpft.

„Mabel, lass uns nach Hause gehen. Ich meine, zu Ronan."

Ihre Schwester sah sie überrascht über den Tisch hinweg an. „Machst du Witze? Die Nacht ist noch jung."

Wenigstens neigte Mabel nicht dazu, zu viel zu trinken. Sie bestellte sich gerne ein Bier oder auch zwei, aber sie unterhielt sich lieber oder tanzte.

„Du bist den ganzen Tag faul gewesen", sagte Elizabeth. „Ich brauche etwas Schlaf."

„Dann geh. Connor oder Liam bringen mich später nach Hause. Oder Glory."

Mabel hatte sich schnell an Shiftertown gewöhnt, aber sie hatte Shifter auch eigentlich schon immer gemocht.

Letztendlich begleiteten Andrea und Sean Elizabeth nach Hause. Als sie Ronan auf dem Weg nach draußen eine gute Nacht wünschte, zog er sie in eine feste Umarmung.

Mit starken Armen hob er Elizabeth von den Füßen, aber wie schon am Morgen war er so sanft, wie er nur sein konnte. Elizabeth blickte in sein großes Gesicht, auf die vernarbte Nase und die warmen, braunen Augen. Sie fühlte sich nicht nur sicher in seinen Armen, es fühlte sich *richtig* an. Als gehörte sie dorthin.

Er gab ihr einen leichten Kuss auf die Lippen – kurz und zart, fast schon keusch, aber der Funke darin enthielt Hitze.

„Ich werde bald zu Hause sein, Lizzie-Girl", sagte er.

„Gut", war alles, was Elizabeth darauf einfiel.

Ronan setzte sie wieder ab und gab ihr einen weiteren kurzen Kuss. „Dann geh mal."

Sean und Andrea warteten in diskretem Abstand. Als Elizabeth zu ihnen trat, sah sie, dass die beiden sie amüsiert anblickten.

„Ist etwas komisch?", fragte Elizabeth verärgert.

Sie liefen über die Felder, die die Shiftertown umgaben. „Nein", sagte Andrea. Sie war eine Wolfshifterin, hatte Ellison ihr erzählt – genau wie Ellison selbst. Eine Lupine, mit grauen Augen, genau wie Ellison. Sie war hochschwanger, lief aber flink und energisch, als spürte sie ihren Zustand kaum. „Ronan ist ein guter Freund."

„Und ein guter Mann", sagte Sean, mit einem irischen Akzent, der wie Musik in der Nacht klang. „Er hat mir schon oft geholfen, und dafür bin ich dankbar. Wenn das hier vorbei ist, begleiche ich meine Schuld. Das ist alles."

Elizabeth nickte. „Ich weiß."

Sean sah sie nur an, aber seine Augen sprachen Bände.

„Wartet mal", sagte Elizabeth erstaunt. „Macht ihr euch Sorgen, dass ich Ronan verletzen könnte? Das braucht ihr nicht, wirklich nicht. Er hilft mir, und ich bin ihm wirklich dankbar. Wenn das alles vorbei ist, werde ich es wieder gutmachen. Das ist alles."

„Für mich sieht das anders aus", sagte Sean. Mondlicht schien auf sein Schwert, eine Waffe zwar, aber trotzdem wunderschön. „Ich sehe einen einsamen Shifter, der eine Frau ansieht, als könnte er eine Chance auf ein kleines Stück vom Glück haben. Wenn das nicht ist, was du in ihm siehst, dann solltest du ihm das jetzt sagen und ihm nicht weiter Hoffnung machen."

„Ich habe ihn erst gestern Abend kennengelernt", warf Elizabeth ein. „Nun macht aber mal halblang."

Andrea sagte: „Das kann ganz schnell gehen. Man sieht sich an, und man weiß es." Sie legte sich eine Hand auf den Bauch und warf Sean einen Blick zu, den dieser erwiderte. Ein Blick unter Liebenden, die Geheimnisse austauschten, ohne Worte zu wechseln.

„Wollt ihr lieber allein sein?", witzelte Elizabeth. „Im Ernst, ich mag Ronan, und ich habe nicht vor, ihn zu verletzen. Vielleicht kann ich keine Beziehung mit ihm haben, aber ich werde ihn nicht verletzen, das verspreche ich euch. Dazu hab ich ihn zu gern."

Seans Augen glitzerten. „Warum kannst du das nicht?"

„Warum kann ich was nicht? Du meinst, eine Beziehung mit ihm haben?" Elizabeth zuckte angespannt mit den Schultern. „Ich weiß nicht. Es klappt einfach nicht immer. In der Vergangenheit haben meine Beziehungen nicht sonderlich gut funktioniert. Ich scheine kein Talent dafür zu haben."

„Du lässt die Leute nicht an dich ran", bemerkte Sean. „Schau mich nicht so überrascht an, Mädchen. Ich hab es selbst gesehen. Selbst bei deiner

Schwester. Aber ich bin froh, dass du nicht sagst, es ginge nicht, *weil er ein Shifter ist.*"

„Dass er ein Shifter ist, ist eine zusätzliche Herausforderung", sagte Elizabeth. „Aber offensichtlich ist es kein Hinderungsgrund. Das sieht man ja bei Liam und Kim. Und Ellison sagt, Annie, die Kellnerin, sei mit einem Menschen zusammen. Und die ganzen Groupies wollen ja auch genau das."

„Warum also nicht?", fragte Sean. „Jeder hat Schwierigkeiten mit Beziehungen, bis er eine findet, für die es sich zu kämpfen lohnt. Oder bist du vielleicht schon verheiratet? Ist das das große Geheimnis, das du Liam nicht verraten willst?"

„Was? Nein", widersprach Elizabeth energisch. „Nein, ich habe nie geheiratet. Das könnt ihr mir glauben."

„Was dann?"

„Sean", unterbrach Andrea ihn. „Lass sie in Ruhe. Nicht jedes weibliche Wesen muss sich in den scharfen, sexy Alpha-Shiftermann verlieben."

Sean blinzelte. „Warum nicht? Ich dachte, wir sind unwiderstehlich."

„Sehr witzig, Sean Morrissey", sagte Andrea.

Sean ließ das Thema fallen, und Elizabeth schwieg und genoss das spielerische Geplänkel der beiden. So etwas hatte sie selbst noch nie mit einem Mann erlebt – außer, erinnerte sie sich, mit Ronan.

Sean und Andrea begleiteten sie bis zu Ronans Haus, wo Elizabeth ihnen eine gute Nacht wünschte. Ein Abschied auf Shifterart, wie sie bemerkte, als Andrea sie in eine warme, weiche Umarmung zog, und Sean ihr den Arm um die Schulter legte und sie fest an sich drückte.

Andrea schien es nicht ungewöhnlich zu finden, dass ihr Gefährte eine andere Frau an sich zog. Zusammen entfernten sie sich, dicht nebeneinander, aber ohne sich zu berühren – als seien sie jederzeit bereit zu kämpfen?

Rebecca war noch wach und wies Elizabeth gut gelaunt darauf hin, dass warmes Abendessen in der Küche stand. Dort fand Elizabeth einen wahrhaft gigantischen Topf, halb voll mit einer dicken Rindfleischsuppe, einen großen Laib Brot und Gläser mit verschiedenen Sorten Marmelade.

Elizabeth schöpfte sich hungrig Suppe in eine Schüssel und warf ein Stück Brot darauf. „Wie schafft Ronan es, euch alle mit einem Türstehergehalt durchzufüttern?"

Rebecca zuckte lässig mit den Achseln. „Ich vermute, wir können gut haushalten."

„Entschuldigung", sagte Elizabeth rasch. „Das geht mich gar nichts an."

„Kein Problem." Rebecca griff nach einer großen Handtasche. „Ich muss noch mal los. Würdest du für mich auf Olaf aufpassen? Normalerweise schläft er um diese Zeit, aber er ist ein wenig aufgedreht, weil ihr beide, Mabel und du, hier seid. Er mag die Gesellschaft. Cherie verbringt die Nacht bei einer Freundin, und ich will ihn nicht allein lassen."

„Sicher", sagte Elizabeth bereitwillig.

Rebecca zögerte. „Wenn du das lieber nicht tun willst, kann ich auf Ronan warten."

Elizabeth schlürfte einen Löffel Suppe und fand sie lecker. „Nein, nein. Das ist völlig okay. Ich mag Olaf. Du kannst ... einkaufen gehen." *Wo doch alle Geschäfte geschlossen sind. Hmm.*

„Danke." Elizabeth eilte hinaus und knallte die Tür hinter sich zu.

Olaf war im Wohnzimmer und sah fern. Der Fernseher war ein älteres Modell, denn für Shifter gab es weder Flachbildfernseher noch HD. Im Moment lief eine Wiederholung einer Siebzigerjahre-Komödie. Olaf sah sich die Sendung nicht wirklich an, vielmehr stand er vor dem Fernseher, starrte die Leute auf dem Bildschirm an und versuchte, herauszufinden, was sie da taten.

„Oh, diese Sendung mag ich", sagte Elizabeth. „Eine Frau, bei der ich als Kind gewohnt habe, hat das gern gesehen. Sie war sehr nett." Rückblickend wusste Elizabeth, dass sie freundlicher zu der Frau hätte sein sollen. Aus Angst, von Mabel getrennt zu werden, hatte sie sich zickig und abweisend verhalten. Die nette, ältere Dame hatte das verstanden, erkannte Elizabeth jetzt.

Olaf hörte zu, als teilte Elizabeth eine große Weisheit mit ihm, beachtete die Sendung nicht weiter und kletterte neben ihr auf das Sofa. Olaf war neun Jahre alt, hatte Ronan gesagt, aber er benahm sich, als wäre er jünger. Vielleicht, weil Shifter so viel langsamer reiften als Menschen. Oder vielleicht, weil er bereits eine Menge durchgemacht hatte.

Als er sich an Elizabeth lehnte, bemerkte sie, dass sein weißblondes Haar feine blaue Strähnchen aufwies. *Mabel.*

Elizabeth war müde, aber sie genoss es, die leckere Suppe zu essen und Olafs Wärme neben sich zu spüren. Dies erinnerte sie daran, wie Mabel und sie früher in den harten Zeiten ganz eng beieinander gesessen hatten, als könnten sie dadurch sicherstellen, dass sie für immer zusammen bleiben würden. *Ich werde niemals zulassen, dass wir getrennt werden, Mabel. Das verspreche ich.*

Sie hielt ihre Versprechen, egal, was passierte.

Als die Sendung zu Ende war, und Elizabeth ihren leeren Teller abgestellt hatte, kletterte Olaf vom Sofa, zog sich langsam die Kleider aus und wandelte seine Gestalt. Er tat das zu nah am Couchtisch, sodass dieser dabei umgeworfen wurde, aber dann stand vor Elizabeth das süßeste Eisbärbaby, das sie je gesehen hatte.

Nicht, dass sie schon viele gesehen hätte, zumal aus *solcher* Nähe. Olaf ließ ein kleines Babyknurren hören, dann kletterte er zurück auf die Couch, seine langen Krallen zerrissen den Stoff. Er ließ sich neben Elizabeth nieder, legte den Kopf und eine Pfote in ihren Schoß und schloss die Augen.

Elizabeth hielt ganz still. Das Vertrauen, das Olaf ihr schenkte, erstaunte und wärmte sie zugleich.

Olaf rührte sich ein wenig, dann atmete er aus und schloss die Augen fester. Elizabeth konnte sich nicht davon abhalten, sein Fell zu streicheln. Sie fand es zugleich weich und fest, etwas drahtig, ohne widerspenstig zu sein.

Sie streichelte ihn weiter, was auch für sie selbst beruhigend war. Heiß strich Olafs Atem über ihr Knie in der Jeans, als sich das Junge im Schlaf entspannte.

Rebecca kehrte nicht zurück. Elizabeth hob die Fernbedienung hoch und schaltete den Fernseher aus. Stille senkte sich über das Haus. Weil hier keine Uhren hingen, tickte auch nichts. Es gab nur noch die Stille draußen und die leichte Brise, die durch das offene Fenster hereinwehte. Die Sommer in Austin waren heiß und feucht, aber der bevorstehende Herbst konnte kühl und reinigend sein.

Sie saß immer noch so da, Olaf halb auf ihrem Schoß, als Ronan hereinkam.

Kapitel Neun

Wieder war Elizabeth erstaunt, wie *leise* er sich bewegte. Als er in ihrem Laden Marquez angegriffen hatte, hatte sie keinen Laut gehört, bis er bei ihm gewesen war.

Ronan kam herein. Als er sah, dass Olaf schlief, hielt er die Begrüßung zurück, die er hatte äußern wollen. Eine kühle Brise brachte das Windspiel auf der Veranda zum Klingeln.

„Wo ist Mabel?", flüsterte Elizabeth.

„Bei Cherie. Ich habe die beiden zu Cheries Freundin gebracht. Zwei Häuser weiter."

„Und Connor?"

Ronan richtete den Couchtisch auf, der noch immer auf der Seite lag, und stellte die leere Schale wieder darauf. Zumindest war nichts kaputtgegangen. „Ich habe ihn nach Hause begleitet. Scott übernachtet bei den Morrisseys, daher wird es heute Nacht nicht so voll hier sein. Ist Becks ausgegangen?"

„Es klang, als wollte sie einkaufen gehen, aber so spät ist ja nichts mehr offen."

„Das heißt, sie geht herumstreunen. Becks ist überfällig, sich einen Gefährten zu suchen, aber sie ist sehr wählerisch."

„Wie wäre es mit Ellison? Er scheint auch auf der Suche zu sein."

Ronan schnitt eine Grimasse. „Göttin, hoffentlich nicht. Er ist ein Wolf. Das fehlt mir noch, kleine Halb-Wolf-halb-Bär-Shifter, die hier überall rumlaufen und so von sich überzeugt sind wie Ellison."

„Wie würde das funktionieren?", Elizabeth verhielt sich still, als Ronan neben ihr auf das Sofa sank und sich ausstreckte. Olaf bewegte sich nicht. „Wie kann ein Shifter halb Bär und halb Wolf sein?"

„Gar nicht. Die Jungen würden in menschlicher Form geboren werden und dann ein paar Jahre später ihre Tierform annehmen. Sie würden eines von beidem werden, von einem Lupid und einem Ursid könnte also die eine Hälfte der Kinder Bären werden und die andere Hälfte Wölfe. Das wäre interessant."

Sanft streichelte Elizabeth noch einmal den kleinen Eisbären auf ihrem Schoß. „Olaf ist schon ziemlich groß. Was passiert, wenn er ausgewachsen ist? Eisbären sind riesig."

„Und Eisbärshifter sind sogar noch größer." Ronan breitete die Arme auf der Rückenlehne des Sofas aus und berührte sie an der Schulter. „Damit werden wir uns befassen, wenn es soweit ist. Rebecca und Cherie haben dann eventuell schon Gefährten und sind vielleicht ausgezogen, wenn er seine volle Größe erreicht. Ich habe den Bau so dimensioniert, dass er sehr geräumig ist."

„Für Olaf?"

„Ich habe ihn gebaut, bevor er zu uns kam, aber ja."

„Das bringt dich alles nicht aus der Ruhe."

Ronan ergriff mit seiner großen Hand Elizabeth' Schulter. Er roch nach der Nacht mit einem Hauch seiner eigenen Wärme. „Was denn?"

„Jungtiere in deinem Haus aufzunehmen. Mich davor zu retten, erschossen zu werden. Dass Mabel und ich hier einziehen. Mich als Gefährtin zu beanspruchen, damit Liam aufhört, mir Fragen zu stellen."

Er zuckte mit den Schultern. „Ich nehme die Dinge, wie sie kommen."

„Das machen nur die Wenigsten. Die meisten Leute werden davon gestresst. Mir geht es jedenfalls so."

Ronan betrachtete sie aus seinen ruhigen, dunklen Augen. „Ich habe lange allein gelebt. Wenn man so lebt, lernt man, das Leben ruhig anzugehen. Warum sollte ich mir Sorgen machen, was morgen Schreckliches passieren könnte?"

„Glaubst du nicht, dass du besser vorbereitet wärst, wenn du dir darüber Sorgen machst?"

„Vielleicht. Oder vielleicht macht es mich nur verrückt."

Da hatte er recht, aber mit neun Jahren hatte Elizabeth festgestellt, dass niemand sich um Mabel kümmerte, wenn sie es nicht tat.

„Mabel ist als Baby fast gestorben, weil die Pflegemutter, bei der wir gewohnt haben, sie nicht ins Krankenhaus gebracht hat. Sie war zu faul und zu besoffen, aber Mabel ging es richtig schlecht. Ich habe versucht, das Auto des Nachbarn zu klauen und sie hinzubringen, aber der Nachbar hat mich erwischt. Glücklicherweise war er ein netter Kerl und hat uns selbst hingefahren. Er war Feuerwehrmann und kannte Leute in der Notaufnahme. Das war unser Glück." Elizabeth lachte leise. "Ich war so ein Zwerg, und meine Beine reichten nicht einmal bis zu den Pedalen."

Wut spiegelte sich in Ronans Augen. "Ich hoffe, du bist nicht bei dieser Frau geblieben."

"Nein, wir wurden woanders untergebracht. Ich habe nie den Namen des Feuerwehrmanns erfahren und ihn auch nie wieder gesehen. Aber durch ihn habe ich gelernt, dass es gute und schlechte Leute da draußen gibt. Man muss herausfinden, wer was ist, aber es gibt die Guten. Wie dich."

Elizabeth legte ihre Hand auf Ronans, die auf ihrer Schulter ruhte. Verglichen mit seinen wirkten ihre Finger klein.

"Wie kommst du auf die Idee, dass ich einer von den Guten bin?", fragte er.

"Zunächst einmal hast du Marquez aufgehalten. Er hatte eine Waffe – du konntest nicht wissen, ob du nicht vielleicht tödlich verwundet werden würdest. Und du hast uns hier bei dir aufgenommen, hast uns von deinem Essen abgegeben, deinen Platz mit uns geteilt. Und was du für die Kinder tust – die Jungen, meine ich." Elizabeth streichelte noch einmal Olafs Fell. "Ich hätte es sofort erkannt, wenn du sie schlecht behandeln würdest. Ich weiß, dass sie glücklich sind."

Ronan spreizte die Finger und verwob sie mit ihren. "Du kennst das aus eigener Erfahrung, oder?"

"Schon. Allerdings hat mich niemand je gerettet. Es gab auch gute Zeiten, versteh mich nicht falsch. Es war nicht alles schrecklich. Wir haben auch in einigen guten Familien gelebt und Freunde gefunden."

„Du hast dich selbst gerettet, Lizzie", sagte Ronan. Er drückte ihre Finger mit seiner warmen Hand. „Aber es macht mir nichts aus, zu deiner Rettung zu eilen."

Elizabeth erwiderte den Druck seiner Finger, fühlte die Wärme, die durch ihren Körper drang. „Warum hast du Liam aufgehalten, als er mich ausgefragt hat?"

„Weil Liam gefährlich ist", sagte Ronan. „Er und Sean haben diesen irischen Charme, aber man darf sie nicht unterschätzen. Wenn sie wollen, können sie knallhart sein, und ihr Vater ist sogar noch schlimmer. Wenn ich dich als Gefährtin will, bedeutet das, dass du es nie mit ihrem Vater zu tun bekommst. Es bedeutet, dass ich dich beschütze."

Angesichts des starken Arms, der um ihre Schultern lag, fiel es Elizabeth nicht schwer, das zu glauben.

„Ich verspreche dir, Ronan, meine Geheimnisse werden niemandem außer Mabel und mir gefährlich."

„WitSec?", fragte Ronan.

Elizabeth zuckte zusammen. „Was?"

„Bist du bei WitSec, dem Zeugenschutzprogramm? Ich werde dich nicht auffliegen lassen, aber ich möchte auch nicht, dass die Bundespolizei mir auf die Finger schaut, wenn sie nach dir suchen."

„Nein." Sie schüttelte den Kopf und schloss die Augen. „Nennen wir es das Elizabeth-Schutzprogramm." Sie öffnete die Augen wieder. „Ja, ich bin vor sechs Jahren hierher gezogen und habe für mich und Mabel einen neuen Namen besorgt, aber nicht, weil ich vor dem Gesetz flüchte oder im Zeugenschutz lebe oder weil ich irgendwem eine Menge Geld schulde. Ich musste einfach ... neu anfangen."

Er betrachtete sie still, hielt alle Gefühle unter Verschluss. „Man kann auch neu anfangen, ohne eine neue Identität anzunehmen. Normalerweise nimmt man eine neue Identität an, wenn man von jemanden aus der Vergangenheit nicht gefunden werden möchte."

Elizabeth schwieg. Ronan war der Wahrheit nahe gekommen, aber sie hatte auf die harte Tour gelernt, dass es besser war, nichts zu sagen, ganz gleich, was andere deswegen von ihr dachten. Wenn sie Ronan die Wahrheit erzählte, würde Liam ihn dann unter Druck setzen, Elizabeth' Geheimnisse zu verraten? Er hatte gesagt, sein Gefährtenversprechen würde sie davor schützen, aber sie war sicher, dass der glattzüngige Liam ein Hintertürchen finden konnte. Liam schien gut darin zu sein, immer zu kriegen, was er wollte.

Allerdings hatte sie erkannt, dass Ronan trotz seiner Muskeln und der gutmütigen Erwiderungen nicht dumm war. Er musterte sie scharfsichtig. „Du musst es mir nicht erzählen, Elizabeth. Warte, bis du dazu bereit bist. Und wenn das niemals der Fall sein sollte, dann eben niemals."

„Es wird nicht niemals sein."

Ronan hob ihre ineinander verschränkten Hände an und rieb mit seinem breiten Finger ihre Wange. „Die Bären in diesem Haus haben eine Menge durchgemacht. Ich habe gelernt, sie nicht zum Reden zu drängen. Lass dir Zeit."

Als Elisabeth den Kopf wandte, war sein Gesicht ganz dicht vor ihrem. „Ich war einmal sehr schlecht darin, den Charakter eines Menschen zu beurteilen. Das ist alles." Elizabeth ließ die Hand in seinen Nacken gleiten und spielte mit den Spitzen seiner sehr kurzen Haare. Sie mochte, wie sich das anfühlte, stachelig und doch weich, ein wenig wie Olafs Fell. Darunter befand sich das Metallband, das um seinen Hals geschmiedet war. „Aber jetzt bin ich viel besser darin", sagte sie leise.

„Und ich bin einer von den Guten?"

Statt einer Antwort beugte sich Elizabeth vor und küsste ihn.

Es begann als zarter Kuss, eine Art Dankeschön, aber Ronans große Hand legte sich um ihren Nacken, und sein Mund glitt über ihren. Er erwiderte ihren Kuss kraftvoll, warm und intensiv.

Elizabeth öffnete die Lippen. Als seine Zunge in ihren Mund tauchte, spannte sie sich an. Seine Stärke nahm ihr den Atem, aber er hielt sich zurück und war bewusst sanfter zu ihr. Er hielt sich sehr zurück. Die Wildheit in ihm, die er für sie zügelte, erregte sie.

Er küsste sie langsam und fest, mit weichen Lippen. Elizabeth ließ die Finger in seinen Nacken gleiten und fand Muskeln, die so fest waren, dass sie nicht unter ihren Fingern nachgaben. Seine Hand in ihrem Nacken bewegte sich nicht, als hielte er sie aufrecht und als könnte sie niemals fallen, solange er bei ihr war.

Elizabeth kam ihm näher. Sie küsste ihn hungrig und wollte herausfinden, ob er sie für immer halten würde.

Auf ihrem Schoß knurrte Olaf leise.

Ronan unterbrach den Kuss, ließ sie aber nicht los. Er hielt sie im Arm, ihre Gesichter berührten sich beinahe. Tief in seinen unglaublich dunklen Augen blitzte ein Funke.

Ich kann auf mich selbst aufpassen. Das war Elizabeth' ewiges Mantra. Aber wäre es nicht wundervoll, sich jemandem anzuvertrauen, der so stark war wie Ronan, und zu wissen, dass sie in Sicherheit war ... für immer?

„Wir sollten ihn ins Bett bringen", sagte er.

Olaf. Er war warm auf ihrem Schoß und schlief fest. Sie wollte ihn nicht gehen lassen.

„Hast du ein Bett für Eisbärbabys?"

„Er wird seine Gestalt wieder wandeln."

Nachdem er ihr einen letzten, weichen Kuss auf den Mund gegeben hatte, stand Ronan auf und hob Olaf hoch. Das Junge bewegte sich nicht und nahm auch nicht seine menschliche Gestalt an. Ronan gab Elizabeth ein Zeichen, ihm zu folgen, und trug den Bären aus dem Wohnzimmer und die Treppe hinauf.

Das größte Zimmer zur Straße hin wurde von den beiden männlichen Jungbären bewohnt und enthielt den ganzen Krempel von zwei Jungs in unterschiedlichem Alter: Zeitschriften, CDs, Poster, Spielzeuglaster, Actionfiguren. Videospiele oder einen Fernseher gab es nicht, weil Shiftern nicht viel moderne Technologie zugestanden wurde. In einer Ecke stand ein kleiner Computer, ein älteres Modell. Das war alles.

Beide Betten waren recht groß und sehr stabil. Den Grund dafür sah Elizabeth, als Ronan Olaf in eines hineinlegte. Der kleine Bär rollte sich zusammen, die Krallen einer Pfote schlitzten den

Kissenbezug auf. Den zahlreichen Rissen im Kopfkissen nach zu schließen, tat er das öfter.

Ronan zog eine Decke über ihn. „Wenn er sich im Schlaf zurückverwandelt, wird er frieren", erklärte er. Er hielt inne, um seine große Hand auf Olafs Schulter zu legen.

Unter seiner Berührung atmete Olaf tief ein, und dann verwandelte er sich wieder mühelos in den kleinen Jungen mit dem blau-gesträhnten blonden Haar. Er öffnete die Augen. „Lizbeth?"

„Ich bin hier." Elizabeth lehnte sich hinab und küsste seine Wange. „Gute Nacht, Olaf."

Olaf hielt ihre Hand in einem überraschend festen Griff. „Bleib."

„Sie muss schlafen, Olaf", sagte Ronan. „Sie ist müde."

In Olafs Augen trat ein Anflug von Panik, wie Elizabeth sie manchmal bei Mabel gesehen hatte, als diese noch klein gewesen war. Mabels größte Angst war es gewesen, einzuschlafen und allein wieder aufzuwachen. Sie fürchtete, Elizabeth könnte verschwinden, und sie würde sie nie wiederfinden. Ronan zufolge hatte Olaf gesehen, wie seine Eltern getötet wurden. Für ihn war dieser Schrecken wahr geworden.

„Nein", sagte Olaf. „Bleib."

„Es ist okay." Elizabeth setzte sich auf das große Bett, Olaf ließ ihre Hand nicht los. „Es macht mir nichts aus. Er hat Angst."

„Er muss lernen, dass er das nicht braucht", sagte Ronan.

Olafs Griff festigte sich weiter. Wenn er groß war, würde er stark wie ein Wrestler werden, vielleicht sogar stärker als Ronan.

„Muss er das heute Nacht lernen? Mir macht es nichts aus."

Ronan stand über ihnen, Hände auf den Hüften wie ein frustrierter Vater. „Na schön, na schön. Aber nur heute Nacht."

Elizabeth legte sich hinter Olaf ins Bett, zog die Decke über sich und streifte die Schuhe ab. Olaf kuschelte sich wieder an sie und sah zu Ronan auf.

„Bleib auch", sagte er.

Ronan seufzte tief. „Becks verwöhnt dich. Na schön, Großer. Wir bleiben beide."

Er ließ sich auf Scotts leeres Bett fallen, das unter seinem Gewicht knarzte, dann legte er Gürtel und Schuhe ab und deckte sich zu.

Olaf schlief schnell ein, aber Elizabeth lag noch wach neben ihm und fühlte die Erinnerung an Ronans Kuss. Ihr Leben änderte sich gerade enorm, und sie musste einige Entscheidungen treffen.

Ronan, der die Nacht zuvor und heute schon wieder größtenteils wach gewesen war, schlief bald ein. Er schnarchte. Rebecca hatte nicht gescherzt. Es war kein feuchtes, schnorchelndes Schnarchen, sondern ein tiefes, beständiges, bei dem er den Atem ganz in die Lunge aufnahm und wieder hinausließ.

Das Geräusch machte Elizabeth nichts. Es war beruhigend. Neben ihr schlief ein riesiger, starker Mann, bereit, sie zu verteidigen. Ronan war ein schneller, stiller Kämpfer und ein Beschützer, und er hatte ein sehr großes Herz. In der Vergangenheit war sie von Leuten hereingelegt worden, die vorgegeben hatten, nett zu sein, während sie es in Wirklichkeit nicht waren. Ronan hingegen war nett, obwohl er so tat, als wäre er es nicht.

Elizabeth glitt schrittweise in den Schlaf, sodass sie gar nicht merkte, wie sie einschlief. Die ganze Nacht lang hörte sie Ronans Schnarchen und wusste, dass sie behütet wurde.

***

An Sonntagen ließ Elizabeth ihren Laden immer geschlossen, arbeitete aber im Büro und bereitete die nächste Arbeitswoche vor. Ronan begleitete sie, und Ellison und Spike kamen vorbei, um das bärenförmige Loch in ihrer Tür zu reparieren.

Rebecca war nach Hause gekommen, als Ronan und Elizabeth mit dem ausgehungerten Olaf frühstückten. Sie sah müde aus, aber zufrieden, und trug ein T-Shirt mit der Aufschrift „Austin ist anders – und das ist gut so", das sie nicht getragen hatte, als sie gegangen war.

„Wie ich sehe, ist das Shopping erfolgreich", sagte Elizabeth und leckte Honig von ihrer Gabel.

„O ja", gähnte Rebecca, streckte sich und machte sich auf den Weg nach oben zur Dusche.

Scott kam nach Hause, bevor Elizabeth und Ronan gingen, ebenso Cherie und Mabel. Die beiden Mädchen waren gut gelaunt, Scott murmelte nur etwas und schlurfte nach oben in sein Zimmer.

Olaf wollte den Laden sehen, aber weil Elizabeth nicht sicher war, ob vielleicht Marquez oder seine Freunde zurückkehren würden, schlug sie ihm die Bitte ab. Er war enttäuscht, stimmte aber mit überraschend guter Laune zu, abzuwarten, bis Ronan es für sicher hielt.

„Er vertraut dir", sagte Elizabeth, als sie hinaus zu Ronans Motorrad gingen.

„Olaf? Größtenteils. Nur in der Nacht ist er ängstlich. Hast du gut geschlafen?"

„Ja." Das hatte sie wirklich. Obwohl sie so spät ins Bett gegangen und so früh aufgestanden war, fühlte sie sich erfrischt. In einem Zimmer mit Olaf und Ronan hatte sie sich komplett entspannt zum ersten Mal seit ... na ja, zum ersten Mal überhaupt.

Spike und Ellison warteten schon vor dem Laden, als sie ankamen. Ellison saß lässig auf der Haube seines Pick-ups. Er sah aus wie ein großer, hochgewachsener Texaner aus dem Bilderbuch, doch Ronan hatte ihr erzählt, dass er aus Colorado stammte.

Spike hingegen war der Inbegriff eines Großstadtrockers. Er lehnte an der Mauer vor dem Laden, über und über tätowiert, trug eine Sonnenbrille gegen die gleißenden Strahlen, Motorradstiefel und ölbeschmierte Jeans, ein deutlicher Kontrast zu Ellisons Cowboystiefeln. An diesem Morgen allerdings war sein Gesicht lila und blau verfärbt, und als er die Sonnenbrille abnahm, sah Elizabeth ein Veilchen.

„Was ist mit dir passiert?", fragte sie.

„Kampfclub." Spike zuckte mit den Achseln. „Erzähl es nicht Liam."

Elizabeth hätte gern nachgefragt, aber die anderen Ladenbesitzer beobachteten die Shifter von ihren Geschäften aus. Sie schloss die Tür auf und ließ alle hinein, so schnell sie konnte.

„Kampfclub?", fragte sie Ronan, während Ellison und Spike die Werkzeugkisten zu der kaputten Wand trugen. Die beiden Wandler begannen, auf die typische männliche Art zu überlegen, wie sie vorgehen sollten, indem sie erst mal zurücktraten und das Problem anstarrten.

Ronan schien über ihre Frage nicht sonderlich erstaunt zu sein. „Liam ärgert sich darüber, weil er es für wenig mehr als bessere Hahnenkämpfe hält, und da hat er wohl recht. Aber das hält die Shifter nicht davon ab, zu den Kämpfen zu gehen, denn dort können sie Dampf ablassen. Kampfclubs sind privat organisierte Treffen zwischen Shiftern, bei denen es aufs Ganze geht. Es ist nicht gerade legal, aber selbst Menschen sind da und wetten auf uns, und wir unterhalten sie, daher sehen die meisten weg."

„Wie Gladiatoren." Elizabeth' Blick wanderte zu dem Halsband um Ronans kräftigen Nacken und dem keltischen Knoten an seinem Hals. „Halten euch eure Halsbänder nicht davon ab?"

„Nun, die lösen schon aus. Das schafft gleiche Bedingungen, Shifter gegen Shifter. Manche sind besser darin, den Schmerz zu ignorieren. Spike ist einer der Favoriten. Glaub mir, sein Gegner sieht vermutlich noch übler aus."

Elizabeth starrte ihn an. „Ihr müsst verrückt sein. Ich habe illegale Boxkämpfe und Mixed-Martial-Arts-Treffen gesehen, und das ist brutal. Kämpfe zwischen Wandlern müssen noch brutaler sein."

„Manchmal schon. Aber Shifter sind hart im Nehmen, Elizabeth. Und manchmal müssen wir kämpfen, sonst drehen wir durch. Die Menschen glauben, dass sie mit den Halsbändern unsere Kampfinstinkte unterdrücken, aber die Instinkte verschwinden nicht einfach. Und jetzt haben wir keine natürliche Möglichkeit mehr, sie rauszulassen. Daher gibt Liam vor, dass er nachts nicht sieht, wie ein Dutzend Shifter verschwindet und lädiert und mit Verbrennungen von ihren Halsbändern zurückkommt. Selbst Scott geht neuerdings da hin."

„Und das erlaubst du ihm? Ronan …"

„Er ist ein Shifter und durchlebt gerade seinen Übergang. Scott will sich zurzeit dauernd mit Leuten anlegen. Im Kampfclub können die anderen Shifter ihm erlauben, das rauszulassen. Und sie passen auf ihn auf."

Elizabeth rieb sich die Stirn. „Je mehr ich über dich erfahre, desto klarer wird mir, dass ich nicht genug über dich weiß. Ich hatte von Anfang an recht, du bist verrückt."

Ronan schenkte ihr ein freundliches Grinsen, das seine Augen aufleuchten ließ. „Ja, aber auf eine gute Art."

„Du gehst ein großes Risiko ein, indem du mir das sagst. Du hast mir schon eine Menge erzählt, was ich der menschlichen Polizei berichten könnte, weißt du. Das würde ich nie tun, aber warum vertraust du mir?"

Ronan fuhr mit dem Finger eine der roten Strähnen in ihrem Haar nach. „Weil ich weiß, dass ich das kann. Du bist eine von den Guten."

Elizabeth' Körper entflammte unter seiner Berührung. Sie dachte daran, wie sie im Dunkeln gelegen hatte und es genossen hatte, ihn ganz in ihrer Nähe zu wissen. Langsam wurde das hier gefährlich.

Ein Pfeifen tönte durch die Luft, und Elizabeth, deren Nerven bloßlagen, erschrak. „Was war das?"

„Ein Signal", sagte Ronan und wandte sich ab. „Die Tracker haben etwas entdeckt."

Ihre Angst kehrte zurück. „Was?"

Durch das kleine rückwärtige Fenster ließ Ronan den Blick suchend über die Gasse schweifen. „Komm her. Bleib dicht bei mir."

Ellison und Spike hatten aufgehört zu hämmern und zu bohren und betraten das Büro. Spike nahm seinen Hammer auf, als er zur Hintertür ging und sie öffnete.

Zwei männliche Latinos, einer über eins achtzig und der andere einen Kopf kleiner, standen vor einem silbergrauen Lexus, der zehn Meter von Elizabeth' Tür entfernt geparkt war. Beide Männer trugen an diesem Tag im späten August dunkle Anzüge. Sie waren nicht offensichtlich bewaffnet, aber unter den Sakkos konnte sich alles Mögliche verbergen. Beide standen lässig da, aufmerksam, aber nicht mit feindlicher Miene.

Spike ging zuerst hinaus, dann Ronan. Elizabeth lief zwischen Ronan und Ellison. Als sie auftauchten, traten drei weitere Shifter in das andere Ende der Gasse – Sean mit seinem Schwert, ein Shifter, der ebenso groß war wie er und ihm sehr ähnlich sah, und ein sogar noch größerer Wandler mit kurz geschorenem, schwarzem Haar. Die beiden Männer sahen sie, verzogen aber keine Miene.

Der größere Mann nickte Elizabeth zu. „Elizabeth Chapman. Ich bin Pablo Marquez."

Das hatte Elizabeth sich schon gedacht. Sie schwieg.

„Der Vorfall mit meinem Bruder hat einige Probleme verursacht", sagte Marquez mit ausdrucksloser Stimme. „Er ist in jener Nacht ohne mein Wissen hergekommen. Das war eine ziemlich dumme Idee."

Elizabeth schwieg weiter. Sie wusste, dass ein Mann wie Marquez alles, was sie sagte, so drehen konnte, dass es entweder wie eine Kapitulation oder wie eine Drohung klang. Daher war es am besten, ganz ruhig dazustehen und ihn reden zu lassen.

„Ich kümmere mich um Julio", fuhr Marquez fort. „Er weiß ganz genau, wie stinksauer ich auf ihn bin. Aber die Sache bereitet uns ein kleines Problem. Er hat eine Anklage wegen bewaffneten Überfalls angehängt bekommen, und es gibt zwei Zeugen. Sie und Ihren Shifter."

Ronan stellte sich vor Marquez und verschränkte die Arme. Auch wenn Marquez ein hochgewachsener Mann war, Ronan wirkte doppelt so groß.

Sean und die anderen beiden Wandler schlenderten zu ihnen. Allerdings blieben sie nicht zusammen, sondern verteilten sich so, dass der mit den schwarzen Haaren im Ausgang der Gasse stehen blieb. Sean hielt ungefähr auf halber Höhe, und der dritte Mann kam direkt hinter Marquez' Wagen zum Stehen.

„Ihr Bruder hätte Elizabeth fast getötet", erklärte Ronan. „Das macht mich auch ziemlich sauer."

Marquez sah ohne Angst zu dem deutlich über zwei Meter großen Ronan auf. „Sind Sie der Shifter, der ihn erledigt hat?"

„Ich habe nicht vorgehabt, ihn zu töten. Ich wollte ihn nur aufhalten."

„Das habe ich mir gedacht", sagte Marquez. „Sie sind ein Shifter. Wenn Sie ihn hätten umbringen wollen, wäre Julio tot. Aber ... sehen Sie ... er ist mein Bruder. Ich will nicht, dass er ins Gefängnis kommt. Es wäre nicht nur gefährlich für ihn, sondern auch schlecht fürs Geschäft."

Elizabeth verstand seine Sorge – sicher gab es im Gefängnis einige Leute, die auf Marquez nicht gut zu sprechen waren und seinen jüngeren Bruder als willkommenes Ziel nutzen würden. Aber ihr Verständnis hatte seine Grenzen.

„Was wollen Sie damit sagen?", fragte sie. „Dass wir eine Abmachung miteinander treffen?"

„Ich möchte Ihnen einen Handel vorschlagen, ja", sagte Marquez. „Julio wird vor den Richter treten – er ist auf freiem Fuß, unter meiner Aufsicht, aber er hat einen Gerichtstermin. Den er einhalten wird. Ich bitte Sie, nicht zu erscheinen. Sie und Ihre Schwester werden den Laden schließen, die Stadt verlassen und irgendwo anders neu anfangen. Ich werde meine Leute wissen lassen, dass niemand Sie belästigen soll. Aber Sie gehen weg und kommen nie wieder zurück und verlieren auch nie ein Wort über Julio und Pablo Marquez."

„Weggehen?" Elizabeth machte einen Schritt auf ihn zu, aber Ronan stellte sich ihr in den Weg. Sein Halsband gab einen Funken ab. „Ich kann nicht weggehen", sagte Elizabeth. „Für diesen Laden hier habe ich mich jahrelang abgerackert. Ich werde nicht mein ganzes Leben umkrempeln, nur weil Ihr kleiner Bruder außer Kontrolle geraten ist."

„Sie haben die Alternative noch nicht gehört", sagte Marquez. Seine harte Stimme schnitt ihr das Wort ab. „Entweder Sie gehen weg und beginnen woanders in Sicherheit ein neues Leben, oder Sie haben überhaupt kein Leben mehr. Ihre Schwester auch nicht. Ich werde mich nicht zu Drohungen, Beleidigungen oder sonstigen kindischen

Dummheiten herablassen. Entweder Sie gehen in eine andere Stadt und leben dort, oder Sie bleiben hier – und sind tot. Dazwischen gibt es nichts. Ich gebe Ihnen drei Tage, um Ihren Kram zusammenzupacken und den Laden zu schließen. Dann sind Sie weg."

Ronan beugte sich zu Marquez vor. „Hier ist unser Gegenangebot. *Sie* verlassen die Stadt, Sie lassen Ihren Bruder für das, was er getan hat, ins Gefängnis wandern, oder *Ihr* Leben wird die Hölle auf Erden. Ganz gleich, wohin Sie gehen, werden *wir* dafür sorgen, dass Sie nicht belästigt werden. Aber Sie werden unter Beobachtung stehen. Ab sofort stehen Sie auf der Abschussliste jedes Shifters – und das ist eine Situation, in der Sie garantiert nicht sein wollen."

Marquez bewegte sich nicht. „Sie sind Wandler und damit machtlos. Wenn Shifter Menschen etwas antun, werden sie dafür hingerichtet. Wenn Sie mich auch nur mit dem Finger antippen, ist Ihre ganze Bande erledigt. Ich muss noch nicht mal einen Auftragskiller organisieren, die Bullen werden das für mich übernehmen."

„Das ist unser Angebot", sagte Ronan. „Wenn Sie diese Gasse lebend verlassen wollen, geben Sie uns Ihre Antwort."

Marquez öffnete seinen Sakko, um zu zeigen, dass er eine Automatikpistole im Schulterholster trug. „Diese Schätzchen werden Sie schnell erledigen und nichts als tote Shifter zurücklassen. Sie sind nicht schnell genug, um Kugeln auszuweichen, und Ihre Halsbänder sorgen dafür, dass Sie mich nicht angreifen können. Daher überlasse ich Ihnen die Entscheidung, Ms Chapman. Ich weiß, wie das mit

Familienangehörigen so ist. Ihrer Schwester zuliebe werden Sie wegziehen."

Elizabeth gefiel die Pistole nicht, aber Ronan schien sie kaum wahrzunehmen. „Ihre Antwort", sagte er.

Marquez' Hand bewegte sich zu seiner Waffe, aber so schnell, dass Elizabeth die Bewegung nicht sehen konnte, war der Wandler, der Sean so ähnlich sah, direkt vor Marquez und hatte die Hand auf dessen Handgelenk gelegt.

Marquez' Augen weiteten sich, als der Shifter sein Handgelenk zusammendrückte, und Elizabeth hörte etwas knacken. Marquez' Mann griff in seine Jacke, doch Marquez schüttelte den Kopf, obwohl ihm fast die Augen aus dem Kopf traten. Das Halsband des Shifters blinkte nicht mal ein winziges bisschen auf, und er schwieg.

Ohne sich zu bewegen, sagte Sean: „Wir geben dir einen Tag oder zwei, um darüber nachzudenken, Kumpel. Dann ist es besser, du gehst. Wir werden sicherstellen, dass deinem Bruder im Knast nichts zustößt. Denn wir wissen auch, wie das mit Familienangehörigen so ist."

Der Shifter lockerte seinen Griff um Marquez' Handgelenk nicht. Als der Mann den Blick hob und in seine kalten, kalten Augen schaute, zeigte er endlich Angst.

„Lass ihn gehen, Dad", sagte Sean.

Der Shifter öffnete die Hand und trat einen Schritt zurück. Er war ganz ruhig, jede seiner Bewegungen präzise und kontrolliert.

Marquez wich zurück und umklammerte sein Handgelenk, aber er starrte Elizabeth trotzdem drohend an. „Du hast einen Tag verloren", sagte er. „Pack deine Sachen und verschwinde."

Der zweite Mann, der ganz blass um den Mund war, öffnete die Beifahrertür und ließ Marquez einsteigen. Marquez gönnte den Shiftern keinen Blick, als der Mann um den Wagen herum zur Fahrerseite ging, einstieg, den Lexus anließ und langsam anfuhr. Ronan, Spike, Ellison und der andere Wandler traten beiseite, damit der Wagen vorbeifahren konnte, aber sie blieben im Halbkreis stehen und sahen ihm nach. Jäger, die ihre Beute entkommen ließen. Es war ihre Entscheidung. Fürs Erste.

Sobald der Wagen um die Ecke auf die Straße bog, kam Sean zu ihnen und sagte: „Gut gemacht, Dad."

Elizabeth trat dazu. „Gut gemacht? Seid ihr alle verrückt? Er muss nur melden, dass ihr ihm gedroht habt. Auch wenn er der Kriminelle ist – ihr seid diejenigen, die dafür bezahlen müssen – mit eurem Leben. Tut mir einen Gefallen und *helft mir nicht mehr!*"

Elizabeth' Wut und Angst hatten ihren Höhepunkt erreicht, und alles, was sie tun konnte, war, den Shiftern den Rücken zuzudrehen, in den Laden zu stürmen und die Tür zuzuknallen.

Kapitel Zehn

Ronan roch Elizabeth' Angst, als sie fortging, und gelobte, dass Marquez für jeden schlechten Traum, jedes angstvolle Zittern und jede Träne, die sie seinetwegen vergossen hatte, bezahlen würde.

Sean trat zu seinem Vater, dessen Augen noch das helle Blau der Wildkatze aufwiesen. „Du hast ihm ziemliche Angst eingejagt, Dad", sagte er. „Aber möglicherweise hast du ihn auch wachsam gemacht? Wir wollen ja keinen Krieg zwischen Shiftern und einer Menschen-Gang."

„Den werden wir auch nicht kriegen." Dylan Morrissey überblickte die Gasse. Er war sich bewusst, dass andere sie beobachten konnten, und hielt auf die Hintertür von Elizabeth' Laden zu.

Ronan trat vor ihn, um zuerst hineinzugehen, aber Elizabeth war nicht in ihrem Büro. Als er im Badezimmer das Wasser laufen hörte, verließ er die anderen, um zu ihr zu gehen.

Er hatte lange genug mit Frauen zusammengelebt, um zu wissen, dass sie ihm sagen würde, er solle weggehen und sie in Ruhe lassen, wenn er zuerst anklopfte. Er hatte nicht die Absicht, das zu tun.

Elizabeth hatte nicht abgeschlossen. Als Ronan die Tür öffnete, sah er ein kleines Badezimmer, das mit Rosenranken-Tapeten und gerahmten viktorianischen Reklamepostern für Seife und Pralinen dekoriert war. Die sanften Farben ließen den winzigen Raum freundlich und sehr feminin wirken.

In dem holzgerahmten Spiegel über dem Waschbecken sah Elizabeth zu ihm auf. Ihre Augen waren rot gerändert, von ihrem Gesicht tropfte Wasser.

„Alles okay?", fragte Ronan.

Vor langer, langer Zeit hatte er sich nie damit befassen müssen, weinende Frauen zu trösten – oder sonst jemanden, der weinte. Aber jetzt musste er mit Cherie und ihrer posttraumatischen Belastungsstörung, mit Rebeccas PMS und den Angstträumen der Jungs klarkommen. Er hatte gelernt, wie man jemanden im Arm hielt, bis das Zittern verschwand, und wie man seine Stimme zu einem kaum hörbaren Raunen senkte.

„Nein, nichts ist okay", entgegnete Elizabeth. „Du kannst doch nicht Marquez derart drohen. Er hat recht – er wird euch die Bullen auf den Hals schicken. Oder er wird seinen Jungs mit den Maschinengewehren befehlen, alle Wandler umzunieten. Keiner macht sich was aus Shiftern."

„Das stimmt", sagte Ronan und lehnte sich gegen den Türrahmen. „Niemand außer anderen Shiftern. Was willst du dann tun? Die Stadt verlassen, wie er es verlangt?"

„Nein!" Elizabeth griff sich ein flauschiges Handtuch und barg ihr Gesicht darin. Als sie den Kopf wieder hob, waren ihre Tränen weg. „Nein, ich werde mich nicht von ihm davonjagen lassen. Ich werde die Polizistin anrufen, die Julio Marquez verhaftet hat, und ihr sagen, dass sein Bruder mich bedroht. Pablo Marquez hat garantiert eine Strafakte – man kann eine einstweilige Verfügung gegen ihn erwirken."

„Eine einstweilige Verfügung wird nichts ändern", sagte Dylan, der hinter Ronan stand. „Du solltest zulassen, dass wir uns darum kümmern."

Elizabeth warf das Handtuch auf den Boden und schob sich an Ronan vorbei, um sich vor Dylan aufzubauen. „Zulassen, dass ihr euch darum kümmert? Was bedeutet das?" Sie sah zu dem groß gewachsenen Shifter auf und erwiderte den Blick aus seinen eisblauen Augen, ohne mit der Wimper zu zucken.

Sean räusperte sich. „Ms Chapman, darf ich Ihnen meinen Vater vorstellen? Dylan Morrissey."

Elizabeth betrachtete Dylan näher, nahm das Grau an seinen Schläfen wahr, den intensiven Blick, der von Alter und Erfahrung herrührte. „Ah, von Ihnen habe ich gehört."

Dylan blinzelte, seine Augen nahmen ruckartig wieder das menschliche Blau an. Elizabeth' *Von Ihnen habe ich gehört* sprach Bände. Seine Gefährtin, Glory, kam häufig in den Laden und konnte ziemlich offenherzig sein. Dylan musste sich fragen, was zur Hölle Glory über ihn erzählt hatte.

„Ich habe gehört, Sie seien es gewohnt, dass jeder Ihrer Befehl befolgt wird", klärte Elizabeth ihn auf und stützte die Hände auf die Hüften. „Aber ich bin kein Shifter, und mir ist das gleich. Ich lasse den Laden geöffnet. Für Ihre Hilfe bin ich Ihnen dankbar, aber ich will nicht, dass Sie Marquez konfrontieren. Er ist gefährlich, gefährlicher, als Sie es sind. Ich werde eine Lösung finden. Ich habe nicht so lange überlebt, indem ich vor Leuten wie dem gekuscht habe."

Sean und die anderen Shifter verspannten sich, als sie beobachteten, wie Elizabeth, eine winzige Menschenfrau, den Blick eines der ranghöchsten Alphas in Shiftertown niederzwang. Liam war zwar jetzt der Anführer, ja, aber Dylan war immer noch reichlich dominant.

Ronan wurde warm vor Stolz. Seine potenzielle Gefährtin hatte Courage.

Allerdings verstand sie nicht, dass Dylan und sie von zwei verschiedenen Dingen redeten. Elizabeth dachte an ihre unmittelbare Zukunft, daran, an den Dingen festzuhalten, für die sie so hart gearbeitet hatte. Dylan dachte an die Bedrohung, die Marquez für die Shifter generell darstellte, jenseits des Problems mit Elizabeth. Es ging nicht mehr nur um einen versuchten Überfall. Jetzt umfasste das Problem viel mehr.

Dylan blickte von Elizabeth zu Ronan. „Sie unterliegt deiner Verantwortung", stellte er fest.

„Das weiß ich", erwiderte Ronan.

Dylan hielt Ronans Blick einen langen Moment, dann gab er Sean und Nate, dem anderen Tracker, ein Zeichen. Die drei verabschiedeten sich nicht und sagten nicht, wohin sie gingen. Sie verschwanden einfach.

Die Hände noch in die schmalen Hüften gestemmt, schaute Elizabeth ihnen nach. Dann drehte sie sich zu Spike und Ellison um. „Na schön dann", knurrte sie. „Diese Wand repariert sich nicht von selbst. Lasst uns wieder an die Arbeit gehen."

***

Pablo Marquez hatte die besten Späher der Stadt bezahlt, aber aus irgendeinem Grund hatten sie die Shifter, die sich heute Abend in seinem Büro materialisierten, komplett übersehen. In einem Moment ging Pablo noch die Zahlen seiner Autowerkstatt durch, im nächsten Augenblick standen drei Wandler um seinen Tisch herum.

Pablo brach nicht in Panik aus. Mit einer Anfälligkeit für Panikattacken hätte er es im Leben nicht so weit gebracht. Geschickt zog er die Hand unter dem Tisch hervor. Um das Handgelenk war ein elastischer Verband gewickelt, und in seiner Handfläche lag eine Automatikpistole. Er hielt die Waffe ganz locker, zielte nicht und bedrohte niemanden damit. Shifter waren gefährlich, aber sie waren nicht immun gegen Kugeln.

Da war der Wandler mit den furchteinflößenden Augen, aber wie in der Gasse schwieg er. Der Typ mit dem Schwert, offensichtlich der Sohn des Ersten, trat vor den Schreibtisch und bewegte sich direkt auf Pablos Waffe zu. Das war mutig von ihm. Der dritte Wandler, der mit dem militärisch kurz geschnittenen Haar, behielt die Tür mit scheinbarer Nachlässigkeit im Blickfeld. Er kaute Kaugummi, ein Trick, der Verachtung und die vollkommene Abwesenheit von Angst signalisierte.

Pablo übernahm den Eröffnungszug. „Ich habe alles gesagt, was ich zu sagen habe. Wenn ihr mich zwingen wollt, mit euch zu kommen, werdet ihr in zwanzig meiner bewaffneten Jungs reinlaufen, die bereit sind, euch kaltzustellen. Ihr seid keine Werwölfe, die man nur mit Silberkugeln erledigen kann. Eine Menge Blei reicht." Er lehnte sich entspannt in seinem Stuhl zurück. Er brauchte noch nicht einmal Kaugummi zu kauen. „Ihr seid in meinem Territorium."

„Nicht ganz." Der Typ mit dem Schwert – das war Sean Morrissey, Pablo hatte sich über ihn erkundigt – legte seine großen Hände auf den Schreibtisch. „Du bist in *unserem* Territorium. Shifter-Territorium."

„Shifter wohnen in Shiftertowns", sagte Pablo. „Mehr Territorium kriegt ihr nicht."

Schließlich ergriff sein Vater, Dylan hieß er, das Wort. Seine Stimme war etwas anders als die seines Sohnes. Genauso kalt und hart, das schon, aber mit einer großen Ruhe dahinter. Das war ein Mann, der viel gesehen, viel getan, viel erlitten hatte – mehr als Pablos Gruppe abgehärteter Gauner sich vorstellen konnten. Was würde Pablo dafür geben, einen solchen Mann zur Verfügung zu haben.

„Die gesamte Stadt ist Shiftergebiet", sagte Dylan. „Unser Land reicht von San Marcos bis zur nordwestlichen Seite des Sees. Dort beginnt das Gebiet der Hill Country Shifter."

Pablo lachte bellend. „In euren Shifterträumen vielleicht. Glaub mir, ich bin niemand, der gerne anderer Leute Regeln befolgt. Ich tue, was ich will und was ich tun muss. Ich denke auch, dass die Menschen, die euch praktisch kastriert haben, unglaublich dumm sind. Sie hätten euch als Unterstützung in Kriegen benutzen können oder um Menschen wie mich auszuschalten, aber man kennt ja Regierungen. Voller Leute, die keine anständige Arbeit finden können. Sie haben euch diese Halsbänder umgelegt und so ziemlich jede Macht gebrochen, die ihr einmal hattet. Obwohl das, soweit ich sehen kann, nie sehr viel Macht war. Ihr habt kein Territorium, meine Freunde. Ihr habt gar nichts."

Während dieser Rede bewegte sich keiner der Shifter. Keine Verachtung, keine Wut, kein Eingeständnis, dass er recht haben könnte. Nur drei Paar Wandleraugen, die auf ihn gerichtet waren.

Damit sie ihn nicht unvorbereitet überwältigen konnten, versuchte Pablo, sie einzuschätzen. Sean und Dylan waren Vater und Sohn. Das große Schwert, das Sean trug, diente nicht zum Töten, hatte er erfahren, sondern einer Art Todesritual, bei dem die Klinge im Wandler versenkt wurde, wenn er tot war.

Den Typ mit dem militärischen Haarschnitt hatte Pablo in den höchst illegalen Shifter-Kampfclubs gesehen, wo Shifter zum Spaß gegeneinander kämpften und Wetten auf die Kämpfe abgeschlossen wurden. Der Kerl hieß Nate, und sein Freund Spike, der mit den ganzen Tattoos, war ein sehr beliebter Kämpfer.

„Was wollt ihr, Jungs?", fragte Pablo. „Verhandeln? Ich fürchte, ich habe alle Trümpfe in der Hand."

Derjenige, der Sean hieß, stützte sich mit den Fäusten auf die Tischplatte und lehnte sich über den Schreibtisch. Das Holz, ein sehr schönes Mahagoni, knarzte.

„Ich fürchte, mein Dad will, dass du verschwindest, Kumpel. Dass er hergekommen ist und dich höflich dazu auffordert, ist eher ungewöhnlich. Mein Rat an dich ist: Zieh mit deinem Unternehmen in eine andere Stadt. Ronan hat es dir bereits gesagt. Wir werden den Shiftern am neuen Wohnort deiner Wahl Bescheid geben, dass sie dich in Ruhe lassen sollen – jedenfalls, solange du dich benimmst."

„An diesem Punkt der Diskussion waren wir bereits", entgegnete Pablo. „Eure Drohungen haben keinen Biss ... um es mal so zu sagen."

„Das ist nur, weil wir nicht gern alle unsere Karten zu früh auf den Tisch legen. Du, mein Freund ... nun, du weißt nicht, mit wem du dich einlässt. Mein Vater hier, der ist nicht so verständnisvoll. Ich schon. Deshalb führe meistens ich die Verhandlungen."

„Aber ich verhandele nicht", sagte Pablo.

Sean lächelte ihn an. Warum musste Pablo an eine Raubkatze denken, die ihre Zähne bleckte? „Das ist okay, denn wir verhandeln auch nicht", sagte Sean. „Fakt ist, wenn du nicht gehst, Kumpel, dann wird nichts übrig bleiben."

„Nichts wovon?" Es war immer schwierig, sich gegen vage Drohungen zu schützen. Vage Drohungen machten einen paranoid und raubten einem den Schlaf. Das wusste Pablo, weil er diese Technik selbst schon oft angewandt hatte.

Sean zuckte mit den Schultern. „Nichts von allem. Du, dieses schöne Gebäude, deine Jungs da draußen, dein schickes Auto – alles weg." Er beugte sich näher zu ihm. „Schneller, als du blinzeln kannst."

Pablo bewegte die Pistole ein wenig, um Sean an ihr Vorhandensein zu erinnern. „Und wenn ich euch niedermähe, bevor ihr gehen könnt?"

„Das macht keinen Unterschied. Mein Bruder, nun, das ist der Rachsüchtige von uns. Mein Vater hat gelernt, sich zurückzuhalten, aber bei Liam sind wir uns da nicht so sicher. Und wir haben Familien, die nicht allzu gut auf dich zu sprechen wären, sollte uns etwas zustoßen."

Pablo stellte sicher, dass sein Finger deutlich sichtbar nicht um den Abzug lag. „Ich spiele dieses Spiel schon eine lange Zeit, Shifter. Irgendwen gibt es da draußen immer, der eine Rechnung offen hat. Darüber mache ich mir keine Gedanken."

„Junge", sagte Sean in beinahe wohlwollendem Ton. „Du hättest keine Zeit, dir Gedanken zu machen."

Pablo war nicht blind gegenüber der Tatsache, dass diese Kerle es ernst meinten. Irgendwie waren sie an seinen Wachen vorbeigekommen. Er hat keinen Zweifel daran, dass, wenn er sie töten würde, er in der Nacht Besuch von drei anderen Shiftern erhalten würde. Halsbänder oder nicht, Gesetz oder nicht, die wussten, wovon sie redeten.

Er nahm seine Hand ganz von der Waffe und steckte die Pistole weg. Sie war noch immer griffbereit, wenn er sie brauchte, aber er setzte ein Signal, dass er willens war, dies ohne Gewalt zu regeln. Was tatsächlich stimmte. Julio war dumm gewesen, und selbst Pablo hatte nicht geahnt, dass die Schlampe die gesamte Shiftertown von Austin hinter sich hatte. Julio musste unbedingt lernen, sich im Vorfeld ordentlich zu informieren.

Pablo hatte über Elizabeth Chapman Erkundigungen angestellt, nachdem sein Bruder wegen des versuchten Überfalls verhaftet worden war. Bei der Suche nach Daten aus ihrer

Vergangenheit war er auf Schwierigkeiten gestoßen, aber er würde es herausfinden. Er war ganz nah dran.

„Ich habe keine Zeit für einen Krieg", sagte Pablo in einsichtigem Tonfall. „Und ihr auch nicht, denke ich. Mein Bruder ist ein Dummkopf, aber ich habe ein paar gute Anwälte, und vielleicht kann ich ihn da rausholen. Allerdings wird es schlecht für meine Geschäfte sein, wenn eure Freundin darauf bestehen, vor Gericht auszusagen."

„Deine Geschäfte interessieren uns eigentlich nicht", sagte Sean. „Handelst du nicht mit Drogen und bedrohst andere? So was wollen wir in unserer Stadt nicht haben."

Pablos Tätigkeitsfeld war etwas komplizierter, aber er würde jetzt nicht über Feinheiten diskutieren.

„Wie wäre es hiermit?", fragte er. „Eure Freundin erleidet im Zeugenstand einen Anfall von Vergesslichkeit, meine Anwälte helfen meinem Bruder, und wir sind quitt? Eure Freundin kann ihren Laden weiterführen, ich meine Geschäfte, und wir alle sehen uns nie wieder."

Die Shifter schwiegen. Die sahen einander nicht an, aber Pablo hatte das Gefühl, dass sie es auf die nonverbale Art unter sich klärten, die manchen Tierarten angeblich zur Verfügung stand.

Der, der Dylan hieß, sprach als Erster. „Wir wollen dich aus der Stadt haben, Pablo Marquez. Und du wirst gehen."

Er sah Pablo direkt in die Augen. Pablo war in den zwielichtigen Gegenden aller möglichen Städte im Süden aufgewachsen, wo er gelernt hatte, dem herausfordernden Blick eines Gegners standzuhalten und dann ganz lässig wegzusehen, beinahe spöttisch, als würde er sich überhaupt nichts daraus machen, ein Blickduell zu gewinnen.

Aber er konnte nicht wegsehen. Er wollte es, aber Dylans weiß-blauer Blick hielt ihn gefangen. Er sah Sean entspannt und unbesorgt hinter Dylan stehen. Sie hatten keinen Zweifel daran, dass Pablo Dylan gehorchen würde – wenn nicht jetzt, dann später.

„Ich schätze, ihr geht jetzt besser", sagte Pablo mit vorgetäuschter Lässigkeit. „Ich sorge dafür, dass meine Jungs den Finger vom Abzug lassen, damit ihr es bis zu eurem Wagen schafft. Ich gebe aber keine Garantien, daher passt auf euch auf."

Die Shifter mochten es nicht, entlassen zu werden. Pech für sie. Pablo würde sich nicht ihretwegen in die Hose machen. Er hatte seine eigenen Pläne. Das nächste Mal, wenn er ihnen begegnete, würde er nicht derart unvorbereitet sein.

Sie verschwanden. Pablo war sich nicht sicher, wie sie das bewerkstelligten, aber eben hatten die drei Shifter noch in den Schatten seines Büros gestanden, und im nächsten Moment waren sie weg.

Er bellte einen Befehl an den Mann, der seine Tür bewachen sollte, und erhielt keine Antwort. Mit der Waffe in der Hand ging Pablo zur Eingangstür und blickte hinaus. Auf der Straße, über die sich langsam die Dunkelheit senkte, war niemand, nicht seine Wachen, keine Shifter auf dem Rückzug, nicht mal die Mechaniker, die vorgeblich in seiner Autowerkstatt arbeiteten. Nichts bewegte sich bis auf ein paar Stücke Müll, die der heiße texanische Wind über den Bürgersteig wehte.

Kapitel Elf

Obwohl die Bar, die Liam managte, an diesem Abend geöffnet war, ging niemand aus der Shiftertown zur Arbeit. Ronan erklärte, die menschliche Regierung hätte beschlossen, dass Wandler an Sonntagen nicht arbeiten mussten. Das war ein Zugeständnis an ihre Forderung, ihren religiösen Bräuchen weiterhin nachgehen zu können, nachdem sie dem Anlegen der Halsbänder zugestimmt hatten.

Ronan erzählte dies Elizabeth mit einem Lachen und erklärte, dass die Shifter keinen festen Tag für religiöse Feierlichkeiten hatten und auch keine bestimmte Zeit für Gebete. Für sie war jeder Tag religiös, jede Zeit und jeder Ort waren für Meditation und Gebete geeignet.

Elizabeth hielt das für eine interessante Denkweise.

Anscheinend nutzten die Wandler ihren freien Tag dazu, auf dem Gemeinschaftsgrundstück hinter ihren Häusern Lagerfeuer zu machen, draußen zu kochen und die Kinder ihrer Menschen- oder Tiergestalt herumtoben zu lassen.

Sean Morrissey – ohne Schwert und in einem einfachen T-Shirt – grillte mit seinem Bruder Liam, und die beiden stritten sich darüber, wie man die Steaks am besten zubereitete. Ellison und die Tracker hingen mit einem Bier in der Hand in der Nähe herum, auch wenn Spike mit seinem blauen Auge Liam nicht allzu nahe kam.

Cherie und Mabel lachten miteinander, wie junge Frauen schon seit Jahrhunderten miteinander lachten, wenn Männer ihnen Blicke zuwarfen und sie nicht geruhten, diese wahrzunehmen. Olaf tollte als Bärenjunges mit kleinen Wölfen und Wildkatzenkindern herum.

Die hochgewachsene blonde Glory saß in einem engen Hosenanzug mit Leopardenprint auf ihrer Veranda, die langen Beine übereinandergeschlagen, nicht weit von Dylan, der ruhig ein Bier aus einer dunklen Flasche trank. Bei ihnen waren Kim und die kleine Katriona sowie die schwangere Andrea.

Elizabeth beäugte sie ein wenig schüchtern. Sie gingen alle so entspannt miteinander um – auch Kim, die ein Mensch und damit eigentlich eine Außenseiterin war. Mabel verhielt sich, als hätte sie schon ihr ganzes Leben hier gewohnt, aber so war Mabel eben. Es war immer Elizabeth, die Vorsicht walten ließ.

Ronan kam näher zu ihr. „Ich weiß."

Überrascht sah Elizabeth auf. „Was weißt du?"

Er deutete auf das Treiben um sie herum. „Es ist überwältigend. Du weißt nicht, zu wem du gehen, mit wem du reden sollst. Du möchtest akzeptiert werden, aber es ist ein bisschen furchteinflößend, wenn alle Augen auf dich gerichtet sind. Du möchtest nicht der falschen Person auf den Schlips treten."

„Ganz genau. Kannst du meine Gedanken lesen oder so?"

„Deine Körpersprache." Ronans warme Hand ruhte in ihrem Kreuz. „Außerdem hab ich mich auch so gefühlt, als ich hierhergezogen bin."

„Du?" Elizabeth musterte den hochgewachsenen Mann mit den muskelbepackten Schultern unter seinem T-Shirt. „Du warst schüchtern?"

„Ich hatte mein ganzes Leben in den Wäldern Alaskas verbracht. Fast mein ganzes Leben jedenfalls. Dann wurde ich mit diesen ganzen Wildkatzen und Wölfen, die mich die ganze Zeit angestarrt haben, zusammen in eine Shiftertown gepfercht. Ich bin ziemlich groß, das macht es noch schlimmer."

„Du fällst auf." Elizabeth schlang ihm einen Arm um die Taille. „Schwer zu übersehen."

„Da hast du recht."

„Und dann hast du eine Handvoll Junge adoptiert." In vorgetäuschter Betroffenheit schüttelte sie den Kopf, während sie Glorys Haus hinter sich ließen. „Was hast du dir dabei nur gedacht?"

„Das frage ich mich auch manchmal."

Elizabeth hakte ihre Finger in seine Gürtelschlaufe. Es war ein gutes Gefühl, als wäre diese Schlaufe genau für sie gemacht worden. „Wo gehst du hin, wenn du allein sein möchtest? Wirklich allein?"

„Hier? Das ist schwierig. Ich habe den Bau, der wird allerdings ständig gestürmt. Aber es gibt Höhlen im Westen der Stadt, unten am Flussufer, von denen kaum jemand weiß. Da bin ich manchmal. Es ist nicht das Gleiche wie die großen Wälder, aber es kann friedlich sein."

„Das klingt toll", sagte Elizabeth wehmütig. „Ich habe nie die Zeit, mal an so einen Ort zu gehen."

„Ich nehme dich mit. Die Zeit nimmst du dir einfach."

„Dann wirst du aber nicht allein sein. Ich dachte, darum geht es dabei."

Sie hatten die anderen hinter sich gelassen und waren unter den großen, texanischen Eichen fast für sich. Ronan blieb stehen. „Ich hätte nichts dagegen, dort mit dir allein zu sein."

Elizabeth ließ seine Gürtelschlaufe los und drehte sich zu ihm. Es fühlte sich richtig an, die Hände auf seine Taille zu legen und die Wärme seines großen Körpers an ihren Fingerspitzen zu spüren.

Ronans Augen verdunkelten sich. „Ich werde dich jetzt küssen, Elizabeth", erklärte er mit einem Knurren in der Stimme. „Danach sehne ich mich schon den ganzen langen Tag."

„Wirklich? Was hat dich zurückgehalten?"

„Menschliche Gang-Bosse und zu viele neugierige Wandler."

„Davon sind gerade keine in der Nähe." Die Bäume schirmten sie von den versammelten Shiftern und dem Leuchten der Lagerfeuer ab.

Statt einer Antwort beugte Ronan sich zu ihr. Sein Atem strich über ihren Mund, seine Lippen folgten. Er küsste sie sanft, als hätte er Angst, sie zu zerbrechen, während er sie mit seinen großen Händen festhielt.

Elizabeth stellte sich auf die Zehenspitzen, um ihn zu erreichen. „Du bist so groß", flüsterte sie. „Kannst du nicht ein wenig schrumpfen?"

Ronans Lächeln brachte ein warmes Leuchten in seine Augen, als er einen Arm unter ihren Po legte und sie von den Füßen hob.

Er hielt sie sicher, seine Brust war wie eine Wand. Elizabeth schlang ihm die Beine um die Hüften und die Arme um seinen Rücken. So war es viel, viel besser.

Ihre Nasenspitzen berührten sich fast. Ronan strich mit den Lippen zu ihrem Mundwinkel und leckte sie dort. „Ich küsse nicht oft Menschenfrauen", sagte er. „Verdammt, Shifterfrauen küsse ich auch nicht oft. Ich will dir nicht wehtun", fuhr er fort.

Sie rieb ihr Gesicht gegen seine Wange und genoss es, seine rauen Bartstoppeln zu spüren. Sie küsste ihn auf die Nase, dort wo sie gebrochen gewesen war. „Ich halte ganz schön was aus."

Er verlor sein Lächeln. „Nein, tust du nicht. Du bist so zerbrechlich. Elizabeth, es tut mir leid."

„Was denn?"

„Dass ich diesen Idioten mit der Pistole nicht umgebracht und mit dir nach Alaska abgehauen bin. Es ist wunderschön dort. Ich hatte eine Hütte im Wald, direkt an diesem Fluss, der die ganze Zeit rauscht. Sogar im Winter kann man das Wasser unter dem Eis hören. Es ist ein herrlicher Ort. Es würde dir dort gefallen."

„Aber sie haben dich von dort vertrieben, oder?", fragte Elizabeth sanft. „Deshalb bist du jetzt hier."

„Ich bin vertrieben worden, als die Gestaltwandler vor zwanzig Jahren geoutet wurden. Ein paar Leute wussten, dass ein Shifter in den

Wäldern lebte, und erzählten es der Polizei." Er seufzte. „Ich hatte sie für meine Freunde gehalten, aber als sie die Chance auf eine Belohnung sahen ..."

„Das tut mir so leid." Elizabeth' Wut auf die, die ihn verraten hatten, wuchs. Sie erinnerte sich an die Hexenjagden nach Wandlern vor zwanzig Jahren, obwohl sie zu der Zeit noch ein Kind gewesen war und selbst zu viele Probleme gehabt hatte, um der Sache große Aufmerksamkeit zu schenken. Als den Menschen bewusst geworden war, dass es Gestaltwandler wirklich gab und diese unter ihnen lebten, hatten sie mit Paranoia reagiert. Statt zu versuchen, die Shifter zu verstehen, hatten sie sie zusammengetrieben, einige getötet, an anderen Versuche unternommen, sie eingesperrt, ihnen Halsbänder umgelegt, um ihr Gewaltpotential zu kontrollieren, und ihre Rechte massiv eingeschränkt. Nur durch den Einsatz einiger Gruppen für Gleichberechtigung war es Wandlern überhaupt erlaubt worden, weiterzuleben.

Elizabeth verstand nicht, wie irgendjemand diesen wundervollen, warmherzigen Mann hatte ausliefern können, damit er weit weg von seinem Zuhause weggesperrt wurde. Ronan sehnte sich nach Einsamkeit, aber er opferte sie bereitwillig, um anderen zu helfen, weil er Mitleid mit ihnen hatte. Sie hatte auf die harte Tour gelernt, dass es einen Unterschied gab zwischen Leuten, die Nächstenliebe nur praktizierten, um sich vor anderen zu profilieren, und solchen, deren Nächstenliebe von Herzen kam.

„Ich hab's dir gesagt, Ronan", sagte sie. „Du bist einer von den Guten."

„Oh. Ich wette, das sagst du zu allen Bären."

„Nur zu den großen Wrestler-Bären, die ich küssen will."

„Halt die Klappe, und tu es endlich."

Ronan hielt sie fest in den Armen, als ihre Münder aufeinandertrafen, sich berührten, sich erforschten. Elizabeth wurde ganz heiß, und sie schmolz dahin.

Sie wollte mit ihm allein sein, und sie wollte mit ihm schlafen.

Der Gedanke überraschte sie. Elizabeth brach den Kuss ab, ihr Gesicht nur wenige Zentimeter vor seinem, beider Atem vermischte sich. Aber vielleicht war es gar nicht so erstaunlich. Sie wollte allein mit ihm sein, seinen Körper nackt vor sich sehen, sein Gewicht auf sich spüren, während er sie liebte. Ronan stieß ein Geräusch wie ein Knurren aus. In seinen Augen lag ein Hunger, der ihrem eigenen gleichkam.

Sie hörten die Kinder spielen, hörten Olafs Brüllen, als er mit den anderen Jungen herumtollte, und Rebecca, die ihn ermahnte. „Bleib in der Nähe der Veranda, Olaf."

Ronan lehnte die Stirn gegen ihre. „Es wird keiner im Haus sein", sagte er.

Elizabeth nickte. Es überwältigte sie, wie sehr sie ihn begehrte. Ronan löste die Umklammerung ihrer Beine und stellte sie zurück auf die Füße. Auf dem Weg nach unten spürte sie, wie hart er war, und ihre Augen weiteten sich. Ronan war ein großer Kerl, und sie hatte einige Gerüchte über Shifter gehört. Zu wissen, dass sie bald feststellen würde, ob diese Gerüchte stimmten, ließ sie vor Aufregung zittern.

Hand in Hand ließen sie die anderen hinter sich. Elizabeth' Herz schlug im Takt mit ihrem schnellen Schritt. Ihr gefiel, dass sie beide dasselbe wollten und in ihrer unausgesprochenen Begierde vereint waren. Sie brauchten jetzt etwas Privatsphäre, aber sie wussten auch, dass sie jederzeit zu den Freunden und der Familie zurückkehren konnten.

Ronans Haus war dunkel, aber er brachte Elizabeth nicht hinein. Stattdessen führte er sie den Pfad zum Bau hinunter.

Als er das Licht einschaltete, sah Elizabeth, dass es ein sehr männlicher Ort zum Relaxen war. Der große Raum enthielt einen Fernseher, eine Kochnische mit einem großen Kühlschrank – vermutlich gut gefüllt mit Bier –, Regale voller Spiele, zwei Kartentische und ein gigantisches Bett, über das eine ebenso gigantische Steppdecke gebreitet war.

Schwungvoll hob Ronan Elizabeth auf die Arme und trug sie – ganz wie im Liebesroman – zu seinem Bett. Er folgte ihr auf die Matratze und legte sich mit dunklen Augen auf die Seite neben sie. Er ließ eine Hand ihren Arm hinabgleiten, bis sie auf ihrer Hüfte ankam.

„Ich dachte, es wäre das Gefährtenversprechen, das mich so verrückt macht", sagte er. „Ich dachte, ich beginne, in den Paarungswahn zu verfallen. Aber es liegt nur an dir." Er nahm seine Hand von ihrer Hüfte und ließ die Finger zwischen ihren Brüsten an ihrem Körper hinaufwandern. „Du bist erstaunlich. Und ich möchte das Tattoo sehen."

Er zog den Ausschnitt ihres Shirts ein wenig herunter, um den Schmetterling auf ihrem Schlüsselbein zu betrachten. Unter seiner Berührung wurde sie ganz still. Sie liebte das warme Verlangen, das sie erfüllte, ein Gefühl anders als alles, was sie je zuvor empfunden hatte. Sie wollte sich an ihn schmiegen und ihn zu sich herunterziehen, ihn küssen, bis ihr Verlangen gestillt war, aber sie blieb bewegungslos liegen und genoss das zarte Streicheln seiner Fingerspitzen auf ihrer Haut.

Er zeichnete den Schmetterling mit den Fingern nach, bevor er den Kopf senkte und ihn mit der Zunge nachfuhr. Sie schloss die Augen, ihr angespannter Körper wurde weich, ergab sich ihm.

Ein wildes Brüllen ließ sie auffahren und fast aus dem Bett springen. Ihre Anspannung kehrte auf einen Schlag zurück. Ronan schwang die Beine herum und kam schneller auf die Füße, als Elizabeth es bei einem so großen Mann für möglich gehalten hätte.

Das Brüllen ertönte erneut. Laut, tief, animalisch. Ronan riss die Tür auf und rannte in den Hof. Im Laufen schälte er sich aus seinem T-Shirt. Seine Jeans folgte, die Stiefel flogen weg. Für einen herrlichen Moment sah Elizabeth ihn groß und nackt im Mondlicht, bevor seine Glieder sich veränderten und sich plötzlich ein Kodiakbär auf der Fläche zwischen dem Haus und dem Bau befand.

Ronan rannte auf den anderen Bären zu, der auf den Hinterbeinen im Hof stand. Sein Gegner knurrte und hatte die Zähne gefletscht. Als Ronan auf ihn zukam, ließ er sich auf alle Viere zurückfallen und griff an.

Der Schwarzbär war viel kleiner als der Kodiakbär, aber das schien ihn nicht zu kümmern. Sein Halsband sprühte Funken, was ihn vor Schmerz aufbrüllen ließ, aber er rannte weiter auf Ronan zu. Seine Augen waren gerötet, Schaum troff aus seinem Mund.

Mit angehaltenem Atem beobachtete Elizabeth, wie Ronan direkt in seinen Angreifer hineinrannte und mit ihm zu Boden stürzte. Staub wirbelte auf, als beide sich überschlugen und der Schwarzbär fauchte.

Ronan kämpfte in tödlicher Stille. Der andere Bär schlug blind mit den Pranken nach ihm und brüllte in die Nacht. Sein Halsband sandte weißglühende Funken in die Dunkelheit, aber Ronans Halsband blieb so still wie er selbst.

Der Kampf erregte Aufmerksamkeit. Ein großer grauer Wolf kam um das Haus herum auf Elizabeth zugerannt. Das Tier war riesig, mindestens doppelt so groß wie ein gewöhnlicher Wolf, und von seinen Augen war nur das Weiße zu sehen, das Fell im Mondlicht eisgrau. Elizabeth trat zurück, bereit, wieder in den Bau zu flüchten, aber dann veränderten sich die Gliedmaßen des Wolfs, und innerhalb weniger Momente stand sie einem komplett nackten Ellison Rowe gegenüber.

„Geht es dir gut?", fragte er schnell atmend.

„Klar." Elizabeth drehte sich wieder zu dem Bären um. Auf Ronans Fell war Blut zu sehen, während er darum rang, den anderen Bären unter Kontrolle zu kriegen.

„Das ist Scott", sagte Ellison. „Der Übergang ist schwierig."

Dem Schwarzbären gelang es, sich von dem großen Kodiakbären loszuwinden und auf Elizabeth zuzuspringen.

„Scheiße", fluchte Ellison. Seine Gestaltwandlung nahm dem Rückwärtsgang, der Wolf kehrte zurück und positionierte sich mit einem warnenden Knurren vor Elizabeth.

Ronan war fast auf dem Schwarzbären. Als er sich auf ihn stürzte, wich der andere aus, rollte sich ab, wandelte währenddessen die Gestalt und kam als

Scott auf die Füße. Nackt und mit eindrucksvollen Muskeln, groß und schlank, sein Körper durchtrainiert, rannte er auf Elizabeth zu, der Blick in seinen Augen voll gequälter Wut.

Ellison ließ ein Knurren tief aus der Kehle hören und fletschte die Zähne. Die Ohren hatte er flach an den Kopf gelegt. Hinter Scott nahm Ronan wieder seine menschliche Gestalt an.

Scott kam erneut auf sie zu. Ronan überwand die Distanz zwischen sich und dem jüngeren Mann, legte seine Ringerarme um Scott und hob ihn hoch.

Scott wehrte sich, versuchte sich aus Ronans Griff zu befreien, und sein Halsband sprühte wie verrückt Funken. Er schlug mit dem Kopf nach hinten, und Blut tropfte aus Ronans Mund. Das Knistern von Scotts Halsband war so laut wie Ellisons Knurren, und dann schrie Scott.

Es war ein entsetzliches Geräusch. Der Schrei dauerte an, trug Scotts Qualen und Schmerz hinaus in die Nacht. Ronan hielt ihn fest, während Scott sich weiterhin wehrte. Ellison blieb vor Elizabeth stehen, er knurrte nicht mehr, zeigte aber noch die Zähne.

Scotts Gegenwehr ließ nach, doch sein Halsband blieb ein weißer Ring in der Dunkelheit. Als seine Kräfte erschöpft waren, zog Ronan ihn in seine mächtigen Arme.

„Ruhig", sagte er. „Ganz ruhig. Tief durchatmen, so wie ich es dir beigebracht habe."

Scott schluchzte. Langsam erlosch das Glühen des Halsbands, während Scott zu weinen begann. Ronan hielt ihn fest im Arm und drückte einen Kuss auf Scotts widerspenstiges schwarzes Haar.

„Geht es ihm gut?" Elizabeth wollte zu ihnen treten, aber Ellison, immer noch als Wolf, stellte sich ihr in den Weg.

„Bleib dort, Lizzie-Girl", sagte Ronan. „Es geht ihm gleich wieder gut."

Scott sah nicht so aus, als würde es ihm gleich wieder gut gehen. Schwach hing er in Ronans Armen, und aus seinem Halsband kamen immer noch Funken.

Der Wolf richtete sich auf und wurde wieder zu Ellison. Er stützte die Hände auf seine schlanken Hüften. „Armer Junge. Als ich den Übergang durchgemacht habe, hat meine Großmutter mir immer einen Eimer voller Eiswasser über den Kopf geschüttet, um mich zu beruhigen. Und ich musste mir damals noch keine Sorgen ums Halsband machen. Da gab es die noch gar nicht."

Auf der anderen Seite des Hofs redete Ronan mit leiser Stimme auf Scott ein, der nickte, den Kopf an Ronans Schulter gebettet.

„Warum hat er versucht, Ronan anzugreifen?", fragte Elizabeth.

Ellisons Augen glitzerten. Im Mondlicht, komplett nackt, noch immer mit den grauen Augen seines Wolfs, sah er mehr nach Tier als nach Mensch aus. „Er hatte es nicht auf Ronan abgesehen, Süße. Er war hinter dir her, und Ronan hat ihn aufgehalten. Ich wette, er hat gerochen, dass im Bau ein paar Pheromone in Wallung geraten sind, und die haben seinen Paarungswahn ausgelöst." Ellison grinste. Elizabeth hätte schwören können, dass seine Zähne noch immer spitz waren. „Also, was habt ihr da drinnen getrieben, Ronan und du? Hm, Lizzie-Girl?"

Kapitel Zwölf

Ronan brachte Scott ins Bett und wusch sich. Als er zurück nach unten kam, stellte er fest, dass Ellison gerade für Elizabeth Kaffee kochte. Er hatte immerhin eine Jeans übergezogen. Das hatte Ronan auch getan, wobei er doch gehofft hatte, er könnte für Elizabeth seine Kleider *aus*ziehen.

Nachdem er Ellison zugenickt hatte, um ihm zu verstehen zu geben, dass alles in Ordnung war, umarmte dieser Elizabeth rasch zum Abschied und ging durch die Hintertür hinaus. Ronan setzte sich an den großen Tisch und schob die Tasse Kaffee, die Ellison zubereitet hatte, zu Elizabeth hinüber.

„Er wird wieder", sagte Ronan. „Er schläft sich jetzt aus. Die Halsbänder schmerzen teuflisch, daher wird Scott für eine Weile erledigt sein. Tut mir leid. Ich hätte nicht gedacht, dass er auf uns reagieren würde."

„Ellison hat gemeint, er hätte Pheromone gerochen?" Elizabeth nippte an ihrem Kaffee.

Obwohl sie mitgenommen aussah, schien sie entschlossen, sich von dem Vorfall nicht zu sehr beeindrucken zu lassen.

„Ja. Während des Übergangs reagieren Shifter besonders empfindlich auf … alles Mögliche. Pheromone, Kampfinstinkte, Hungerattacken, alles, was du dir vorstellen kannst. Scott hat vermutlich unsere wachsende Erregung gespürt, und sein Bärengehirn hat beschlossen, dass ich bei der warmen Frau im Bau sein Rivale war. Wenn er aufwacht, wird es ihm peinlich sein, also sei ein bisschen nachsichtig mit ihm."

Elizabeth' Hände schlossen sich fester um den Kaffeebecher. „Aber wenn das so leicht passieren kann, ist Mabel dann sicher vor ihm? Und Cherie? Oder sogar Rebecca? Ich kann Mabel nicht hierlassen, wenn er so ist."

„Nein, nein. Mabel wird keine Probleme haben. Cherie auch nicht. Scott weiß, dass sie Jungtiere sind. Mabel ist nach menschlichem Ermessen vielleicht kein Kind mehr, aber für Scott schon. Shifter sind sogar noch empörter als Menschen, wenn man sich an Kindern vergreift. Das ist undenkbar, selbst während des Übergangs. Und was Rebecca angeht …" Ronan schüttelte den Kopf. „Sie ist ein großer Kodiakbär, so wie ich, und sie lässt sich nichts gefallen – von niemandem. Sie hat Scott bereits ein paar Mal quer durchs Haus geworfen. Er lässt sie also meist in Ruhe. Aber dich …" Ronans Belustigung verschwand. „Ich glaube, es wäre besser, wenn du bei Sean und Andrea wohnst. Ich hatte keine Ahnung, dass Menschen den Paarungswahn auslösen können, aber ich weiß eben auch nicht viel über Menschen."

„Ich löse einen Wahn aus? So etwas hat man noch nie über mich gesagt."

Ronan nahm Elizabeth' Hand und verflocht seine Finger mit ihren. „Deshalb werde ich fast verrückt vor Sehnsucht danach, dich zu berühren." Er hob ihre Finger an die Lippen.

„Vorsicht", sagte Elizabeth leise. „Wir wollen Scott nicht aufregen."

„Der ist außer Gefecht. Komplett. Aber ich akzeptiere deinen Einwand." Ronan küsste jede ihrer Fingerspitzen. „Anscheinend kann ich nicht aufhören, dich zu berühren, Lizzie-Girl."

„Was können wir denn dann machen?"

Ronan liebte ihre Augen, die so anders waren als die der Wandler. Das Blau darin war rein und dunkel. „Du könntest mein Gefährtenversprechen annehmen. Dann weiß Scott ohne jeden Zweifel, dass du zu mir gehörst, und wird nicht mehr versuchen, dich anzufassen."

Sie legte die Stirn in Falten, ihre braunen Augenbrauen zogen sich zusammen. „Wie funktioniert das denn?"

Ronan zuckte die Schultern. „Ich habe ehrlich gesagt keinen blassen Schimmer. Es ist ein Geruch, ein Instinkt, vielleicht wieder Pheromone. Wir *wissen* es einfach."

Ihre Finger lagen bewegungslos in seinen. „Was genau würde es bedeuten, wenn ich dein Gefährtenversprechen annehme?"

Er sprach überlegt. „Es bedeutet, dass du zustimmst, in zwei Zeremonien mit mir vereinigt zu werden – einer unter der Sonne und einer unter dem Vollmond, unter den Augen des Vatergottes und der Muttergöttin. Aber das ist nur ein Teil der Sache."

Ronan beugte sich über den Tisch und atmete ihren Duft ein. „Wenn du den Gefährtenantrag annimmst, dann heißt das, du bist mein, und ich bin dein. Wir gehören zusammen. Für immer." Er drückte ihre Hand. „Mir würde das gefallen."

Ronan sah Sehnsucht und Einsamkeit in Elizabeth' Augen aufflackern. Ein Bedürfnis, die Leere in ihrem Herzen zu füllen. Und er sah Angst.

„Das habe ich schon einmal gemacht", sagte sie. „Danach habe ich beschlossen, nie wieder einem Mann solche Macht über mich zu geben. Das ist gefährlich. Ich werde es nicht tun."

Ronan fühlte ihre Angst durch ihre ineinander verschränkten Hände. Beruhigend ließ er den Daumen über ihre Finger gleiten. „Das ist der Grund, weshalb du deinen Namen geändert und neu angefangen hast, nicht wahr?"

„Ja." Elizabeth schluckte. „Ich habe mich mit dem Falschen eingelassen. Mit jemandem, der gefährlich ist. Wie gefährlich, habe ich erst begriffen, als es bereits zu spät war.

Ich hatte anfangs nur den reichen Mann mit dem großen Haus gesehen, der für mich sorgen konnte – und für Mabel. Zudem schien er mich anzubeten. Das war, bevor ich drauf kam, dass er ein Dealer ist und jede Menge üble Geschäfte tätigt. Mabel war erst fünfzehn, und er wollte bereits, dass sie seinen erfolgreichen Kunden Gefälligkeiten erwies, um sie zugänglicher zu machen. Du weißt, was ich meine.

Als ich widersprach, zeigte er sein wahres Gesicht. Er verwandelte sich in ein prügelndes Arschloch, das mir mit allem möglichen drohte, unter anderem mit dem Tod, und ich wusste, dass er diese Drohungen auch wahr machen würde. Die einzige Möglichkeit, von ihm fortzukommen, war, mit Mabel zu verschwinden, während er einen Nachmittag unterwegs war.

Ich hatte einen Freund aus der Zeit, als ich noch bei einer Pflegefamilie lebte, der wusste, wie man eine neue Identität erschafft. Für einen Batzen Geld hat er sich Elizabeth und Mabel Chapman ausgedacht – und hier sind wir."

Ronan hörte zu und erlaubte sich nicht, seine Wut in ihre zarte Hand strömen zu lassen, die er noch immer hielt. „Wie heißt er?", fragte er mit ruhiger Stimme.

„Nein, Ronan." Elizabeth' Blick huschte zu ihm, und ihre stille Verzweiflung steigerte seine Wut über den unbekannten, gewalttätigen Mistkerl noch. „Er ist ein böser Mensch, und er ist von schießfreudigen Leibwächtern umgeben, die mit den neusten Waffen ausgestattet sind. Du wärst tot, bevor du ihn auch nur zu Gesicht bekommst."

„Ich würde dir niemals so etwas antun wie er, Lizzie-Girl."

„Ich weiß." Sie drückte sich die Handfläche auf die Brust. „Mein *Herz* weiß das. Es ist mein Kopf, der noch immer ganz durcheinander ist."

„Lass mich dir etwas erklären", sagte Ronan leise. „Wenn du meinen Gefährtenantrag annimmst, bedeutet das für mich, dass ich dich beschütze, ganz egal was passiert. Wenn das bedeutet, dass ich dich vor mir selbst beschützen muss, dann ist das eben so. Ich kümmere mich um dich, ich sorge für dich. Ich lasse nicht zu, dass Männer wie Marquez oder dieses Arschloch dir etwas tun. Du musst nie wieder vor ihnen Angst haben. Oder vor mir oder irgendeinem anderen Shifter. Ich wäre dein Bodyguard. Für immer."

Ronan sah Hoffnung unter ihrer Angst aufflackern, aber die Angst war immer noch stark. „Kann ich darüber nachdenken?"

„Denk darüber nach, so lange du willst." Ronan beugte sich hinab und küsste sie auf den Mund. Sie schmeckte nach Kaffee und dem Zimt, den Ellison für sie darüber gestreut hatte. „Wenn du meinen Gefährtenantrag annimmst, bist du noch besser geschützt, aber ich werde auch so auf dich aufpassen."

Elizabeth erwiderte seinen Kuss, dann liebkoste sie seine Wange – eine Berührung, die er bereits lieben gelernt hatte. „Danke, Ronan", flüsterte sie.

***

Scott war, als er am nächsten Morgen aufwachte, tatsächlich sehr verlegen und litt unter den Nachwirkungen des ausgelösten Halsbands. Die ganze Familie hatte Mitleid mit ihm, und Ronan bereitete ihm sein Lieblingsfrühstück zu, einen Berg Waffeln mit Beeren und Honig.

Anschließend erklärte Scott, dass Elizabeth und Mabel nicht ausziehen müssten – er würde gehen. Er hatte bereits Spike angerufen und ausgemacht, dass er bei ihm und seiner Großmutter bleiben konnte. Beide waren in der Lage, ihn im Ernstfall zu bändigen. Als er nach dem Frühstück ging, murrte er zwar darüber, dass er bei den verrückten Katzen unterkommen musste, schien aber dennoch erleichtert, dass er gehen konnte.

Mabel war glücklich, dass sie weiter bei Cherie bleiben konnte. Sie sprach davon, ihr Haar so zu färben, dass es zu Cheries von Natur aus blondbraun gesträhntem passte.

Elizabeth öffnete den Laden mit Ronan. Ellison und Spike kamen vorbei, um die Wand und die Tür weiter zu reparieren. Nach den Erklärungen der Nacht zuvor fühlte sich Elizabeth Ronan gegenüber etwas befangen, doch dieser schaffte das aus der Welt, indem er ganz normal mit ihr scherzte. Er erwähnte weder sein Gefährtenversprechen noch die Geheimnisse aus ihrer Vergangenheit, die sie ihm anvertraut hatte.

Er gab ihr Raum. Kein Mann, mit dem Elizabeth je zusammen gewesen war, hatte ihr Zeit zum Nachdenken gelassen. Allein schon dafür hätte sie sich in Ronan verlieben können.

Über die nächsten Tage fand ihr Leben eine neue und angenehme Routine. Sie und Ronan fuhren jeden Morgen gemeinsam zum Laden. Spike und Ellison kamen vorbei und arbeiteten an der neuen Wand und der Tür. Als das erledigt war, sahen sie sich nach anderen Dingen um, die in Ordnung gebracht werden konnten. Sie stellten ihr keine Kosten in Rechnung und verhielten sich, als hätten sie nichts Besseres zu tun, als in ihrem Laden Reparaturen vorzunehmen. Elizabeth wusste, dass sich andere Wandler – die Tracker, wie sie jeder nannte – in der Nähe aufhielten, um den Laden zu bewachen und Ausschau nach der Polizei zu halten, aber Elizabeth bekam sie nie zu Gesicht.

Rebecca hatte am Mittwoch Geburtstag. Auch wenn Ronan behauptete, dass sie nicht gern daran erinnert wurde, war sie sehr erfreut und gerührt, als er ihr am Mittwochmorgen ein besonderes Frühstück zubereitete und die Familie ihr Glückwunschkarten und Geschenke nahezu aufdrängte.

Sie öffnete das Geschenk von Ronan unter Bangen, weil sie offensichtlich einen Scherz erwartete, und starrte dann wie betäubt auf den handgefertigten Schmuck aus Glasperlen, den Elizabeth für sie ausgesucht hatte. Die Farben waren kräftig, aber schön, der Künstler hatte es verstanden, Farbe und Form zu einem gefälligen Ganzen zusammenzubringen.

Rebecca küsste Ronan fest auf die Wange, bedankte sich aber bei Elizabeth, da sie wusste, dass sie für dieses Geschenk verantwortlich war.

Pablo Marquez kam in dieser Woche nicht wieder und schickte auch niemanden an seiner Stelle, um Drohungen zu überbringen. In Elizabeth' Nachbarschaft blieb es ruhig, und in ihr wuchs die Hoffnung, bald heimkehren zu können.

Andererseits war sie nicht wild darauf, wieder in das einsame Haus zurückzugehen, das sie und Mabel bewohnten. Es konnte sehr turbulent werden, wenn ihre lebensfrohe Schwester da war, aber Mabel würde in etwa einer Woche zurück ans College gehen. Durch das College, den Laden und ihre vielen Freunde würde sie die meiste Zeit unterwegs sein. Elizabeth vermutete, Mabel würde bald verkünden, dass sie ausziehen und sich selbst eine Wohnung suchen wollte. Und dann wäre Elizabeth wieder allein.

Ronans Haus hingegen war voller Leben. Wenn Elizabeth nach Hause ginge, würde sie den liebenswerten Olaf, Rebeccas Scherze über alles und jeden, Cheries jugendlichen Enthusiasmus, Ronans riesiges Frühstück und natürlich Ronan selbst vermissen.

Jeden Abend, nachdem sie den Laden abgeschlossen hatte, ging sie mit ihm zu Liams Bar. Dort redete sie mit Andrea, Glory, Ellison und den anderen Wandlern, die sie langsam kennenlernte. Wenn Ronan eine Pause machte, setzte er sich zu ihr. Am Ende der Nacht fuhren sie auf Ronans Motorrad nach Hause, wobei Elizabeth ihm die Arme um die Taille schlang.

Und sie unterhielten sich. Ganz gleich, ob morgens, mittags oder abends – der Gesprächsstoff schien ihr und Ronan nie auszugehen. Sie redeten und witzelten über alles, was ihnen einfiel. Selbst wenn sie schwiegen, war es ein entspanntes Schweigen. Elizabeth fühlte sich nie unter Druck, etwas Schlaues von sich geben zu müssen.

Sie hatte noch nie so eine Beziehung gehabt, in der sie mit dem Mann tatsächlich *reden* konnte. Mehr noch: Ronan hörte zu. Das war ein ganz neues Gefühl. In Elizabeth' vorherigen Beziehungen hatte der Mann stets vor ihr erwartet, dass sie sprach, wenn er das wollte, still war, wenn er es verlangte, und mit ihm Sex hatte, wann immer ihm danach war. Wann immer er Lust darauf hatte, ganz gleich, wie es Elizabeth ging. Sein Vergnügen zählte, nicht ihres.

Ronan andererseits war völlig zufrieden damit, ihr Küsse zu stehlen, wenn ihnen danach zumute war – wie Teenager, die über die Stränge schlugen. Sie machten ein Spiel daraus, fanden ungewöhnliche Zeiten und Orte, um sich zu verstecken und zu knutschen: das Badezimmer in ihrem Geschäft, der Putzmittelschrank in der Bar, hinter den letzten Regalen im Laden, im Keller unter Ronans Haus, auf der Ladefläche von Ellisons Pick-up. Die Shifter – besonders Rebecca und Ellison – scherzten über sie, aber Ronan schien ihre Frotzeleien geradezu zu genießen.

Elizabeth gefiel die Wende, die ihr Leben genommen hatte, auch wenn ihr alles zerbrechlich und neu erschien wie ein Keimling, der seine ersten zarten Triebe über die Erde hebt. Es gab Hoffnung und Wärme, aber auch Angst vor den bevorstehenden Stürmen.

Der nächste Sturm kam in Form von Julio Marquez, der in den Schatten auf dem Parkplatz auf sie wartete, als Ronan und Elizabeth am folgenden Freitagabend aus der Shifterbar kamen. Die Bar hatte eine Stunde zuvor geschlossen, und Ronan hatte für Liam abgeschlossen, damit dieser mit seiner Familie nach Hause gehen konnte.

Ronan trat vor Elizabeth. Nate und Spike kamen aus der Dunkelheit, um Julio zu flankieren, Nate in seiner menschlichen Form, Spike als Jaguar.

Julio hob vorsichtig seine Jacke an, um zu zeigen, dass er nicht bewaffnet war. Im Gesicht hatte er heilende Schnittwunden aus dem Kampf mit Ronan, Erinnerungen an Ronans Stärke, aber auch eine Erinnerung daran, dass der Shifter seine Kraft zügeln konnte.

„Ich bin allein gekommen", sagte Julio. „Ich möchte nur mit dir reden."

Vor einer Woche war Elizabeth schwindelig vor Angst geworden, als sie über die Waffe hinweg in Julios kalte Augen geblickt hatte. Jetzt schmeckte sie pure Wut. Ein Funke von Ronans Halsband blitzte weiß im Dunkel der Nacht auf. Er knurrte.

Beschwichtigend hob Julio die Hände. „Ich schwöre bei Gott, ich will nur reden. Du hast mich als Idiot dastehen lassen, *chica*, aber ich bin nicht so verrückt, dass ich einen Kampf Mann gegen Mann mit einem Shifter provoziere."

Elizabeth blieb schweigend stehen. Alles, was sie sagte – selbst wenn sie nur zustimmte, Julio reden zu lassen –, könnte seinem Anwalt erlauben, ihre Aussage gegen ihn anzufechten. Sie hätte darauf gewettet, dass jeder, den die Brüder Marquez beauftragten, windig genug war, genau das zu tun.

„Du hast drei Sekunden, um zu verschwinden", sagte Ronan zu Julio. „Oder ich mähe dich um."

„Nein, nein." Julio trat einen Schritt zurück. „Ich bin hier, um mich zu entschuldigen. Mein Bruder hat recht: Ich war dumm."

Elizabeth blieb still, und Ronan folgte ihrem Beispiel.

Julio fuhr fort: „Sicher denkt ihr, ich wäre hergekommen, um euch zu bitten, nicht gegen mich auszusagen. Und ihr habt recht. Ich will nicht ins Gefängnis. Was ich getan habe, tut mir leid. Ich wollte nur Spaß machen. Ihr wisst schon, vor meinen Freunden angeben."

Er war ein eiskalter kleiner Lügner. Eine naive Person hätte er vielleicht täuschen können, aber Elizabeth hatte schon viele solche Vorstellungen gesehen, und die meisten davon waren besser gewesen. Julio war in jener Freitagnacht bereit gewesen, sie zu töten, ohne sich darum zu kümmern, wer sie war oder ob jemand auf sie angewiesen war. Sie war nur ein Mittel zum Zweck gewesen, eine Möglichkeit, an Geld zu kommen, etwas, dessen man sich nach Gebrauch entledigte. Das war alles.

„Ich weiß, ihr seid sauer auf mich", sagte Julio. „Daher biete ich euch einen Deal an. Ihr kennt doch die Shifter-Kampfclubs?"

Ronan wartete ab. Groß wie ein Riese war er hier draußen im Dunkeln ein furchteinflößender Anblick. Sein Halsband leuchtete im Mondlicht.

„Hier ist mein Angebot", sagte Julio. „Du, Shifter, kommst raus zum Kampfclub, draußen im Osten, und trittst gegen meinen Champion an. Spike weiß, wo es ist. Mein Champion ist ein guter Kämpfer, aber ich habe dich gesehen, und ich denke, dass du eine Chance gegen ihn hast. Wenn du gewinnst, lasse ich dich und deine Lady für immer in Ruhe. Ihr könnt bei meiner Verhandlung aussagen und tun, was ihr wollt. Wenn mein Champion gewinnt, dann stimmt ihr zu, nicht auszusagen, verschwindet aus der Stadt und lasst mich verdammt noch mal in Ruhe. Verstanden?"

Elizabeth sehnte sich danach, ihn anzuschreien, ihn dafür fertigzumachen, dass er hierhergekommen war und dachte, er könnte ihr einen Handel anbieten. Dabei war doch er derjenige gewesen, der ihr eine Pistole ins Gesicht gehalten und versucht hatte, ihr alles wegzunehmen. Was sollte sie tun? Sich dafür entschuldigen, dass sie kein hilfloses Opfer war? Sie presste die Lippen zusammen und kämpfte dagegen an, die Worte auszusprechen.

Ronans Halsband funkelte wieder. „Kein Interesse", sagte er.

Er schritt direkt auf Julio zu, der ihm aus dem Weg ging, und zog Elizabeth an ihm vorbei. Nate und Spike schlossen zu ihnen auf.

„Du wirst meinen Handel annehmen wollen", rief Julio mit Verzweiflung in der Stimme. „Lauf nicht so schnell weg ... *Rachel*."

Elizabeth wusste, sie sollte nicht anhalten, nicht reagieren. Sie sollte ihn ignorieren und mit jeder Bewegung ihres Körpers fragen: *Wer ist Rachel?*

Aber sie erstarrte, ein Fuß in der Vorwärtsbewegung eingefroren. Angst traf sie so heftig, dass ihr fast schlecht wurde. Sie spürte, wie Ronan neben ihr langsamer ging, spürte seine Neugierde, seine Vorsicht.

„Rachel Sullivan", fuhr Julio schadenfroh fort. „Du hast ein Jugendstrafregister, das länger ist als meins. Ja, ich kann sehen, was in den alten Akten steht. Mein Bruder steckt mit einer Hackerin unter einer Decke – wörtlich, sie vögelt ihn. Vorlaute Schlampe, aber sie hat's drauf. Du hast dich mit einem ganz, ganz üblen Kerl eingelassen, nicht wahr? Ich wette, dem würde es sehr gefallen, wenn Pablo ihn anruft und ihm erzählt, wo Rachel Sullivan ist."

Ronans Knurren schwoll an, und er wirbelte herum. Sein Halsband sprühte Funken wie Blitze in die Nacht hinein. Nate und Spike standen neben ihm.

Julio trat zurück, aber er rannte nicht weg. „Töte mich, und am Morgen wird eine E-Mail an sein Handy geschickt. Wenn ihr zustimmt, und ich nach Hause komme, bevor die Nachricht rausgeht, werde ich sie löschen. Wenn ihr euch weigert oder mich umbringt ... nun, dann ist niemand da, der die Löschtaste drückt. Dann müsst ihr euch mit *ihm* abgeben."

Endlich sprach Elizabeth. „Wenn ich das richtig verstehe, weiß dein Bruder nichts von diesem Deal?"

„Pablo hat zu mir gesagt, ich soll meine Probleme selbst regeln. Also regele ich sie. Aber mein Bruder und sein Hackermädchen wissen alles über dich und deine Schwester. Die Pflegefamilien, deine Festnahmen wegen Taschen- und Ladendiebstahls, all die kleinen Delikte und dass du nur um Haaresbreite um den Knast herumgekommen bist."

„Man hat mich nie wegen bewaffneten Überfalls festgenommen", zischte Elizabeth.

„Dazu wäre es schon noch gekommen. Du warst eine verzweifelte kleine *chiquita*."

„Du bist nicht verzweifelt", schnappte Elizabeth.

„Ich habe es dir schon gesagt. Ich habe das aus Spaß gemacht. Nun, Shifter? Kommst du und kämpfst? Oder wirst du zulassen, dass der Ex deiner *puta* sie findet und ihr zeigt, wie sauer er ist, weil sie ihn sitzengelassen hat? Dir wird er das vermutlich auch demonstrieren wollen."

„Nein, Ronan", sagte Elizabeth. „Lass dich nicht auf einen Handel mit ihm ein."

Ronans Stimme übertönte ihre. „Verschwinde von hier, du kleines Arschloch, sonst lass ich dich von Spike zerreißen."

„Nimm mein Angebot an, Bär", sagte Julio, der weiter in die Dunkelheit zurücktrat. „Nimm es an, oder die E-Mail geht raus."

„Also gut. Spike."

Spike preschte auf ihn zu. Julio drehte sich um und rannte befriedigend schnell davon, aber er rief über die Schulter: „Bis morgen Abend!"

Er verschwand in der Dunkelheit. Offenbar hatte er Übung darin, wegzulaufen, so schnell er konnte. Spike sprang hinter ihm her, gefolgt von Nate.

Mit verschränkten Armen schaute Ronan ihnen nach, bis sie längst außer Sicht waren. Er nahm wieder Elizabeth' Hand. „Komm. Lass uns nach Hause gehen."

Elizabeth befreite sich aus seinem Griff. „Wage es nicht, mir zu sagen ‚Lass uns nach Hause gehen', als wäre nichts gewesen."

„Lass uns nach Hause gehen und dort darüber sprechen. Drinnen", sagte Ronan mit Nachdruck.

„Ja, na gut." Sie zitterte. Ihren richtigen Namen von Julios Lippen zu hören, hatte einen sauren Geschmack in ihrem Mund hinterlassen. „Du kannst nicht ernsthaft tun wollen, was er verlangt."

„Nein, das will ich nicht", sagte Ronan. Er beugte sich zu ihr. „Jetzt *lass uns nach Hause gehen*."

***

Elizabeth riss sich lange genug zusammen, um hinter Ronan auf seinem Motorrad durch die Straßen von Shiftertown zu seinem Haus zu fahren, das hinter ausladenden Bäumen versteckt lag. Ronan fuhr um das Gebäude herum zum Hintereingang und schaltete den Motor aus. Im Haus brannte kein Licht, und es gab keine Außenbeleuchtung für den Hinterhof. Wandler sahen gut im Dunkeln.

Er nahm den Helm ab und hängte ihn ans Motorrad. Mit Elizabeth' Helm verfuhr er genauso. Bevor sie sich dem Haus zuwenden konnte, legte er ihr seine großen Hände auf die Schultern und drehte sie zu sich um.

„Sag mir seinen Namen."

„Nicht, wenn du etwas gegen ihn planst. Er ist zu riskant, Ronan. Wenn du denkst, Pablo Marquez sei gefährlich ... verglichen mit diesem Kerl ist der nur ein kleiner Fisch."

„Ich weiß, dass er gefährlich ist, und auch, dass Marquez das ebenfalls ist. Ich habe Julio gesagt, dass ich mich auf den Kampf einlasse, damit er die verdammte E-Mail nicht losschickt. Julio ist ein Rotzlöffel, aber er kann dich verletzen, indem er einfach nur dumm ist. Sag mir seinen Namen. Wir müssen das wissen."

„Was ist nur los mit euch?" Es war Elizabeth ganz gleich, dass sie laut wurde. „Ihr Shifter glaubt, ihr wärt nicht aufzuhalten. Nun, so ist das nicht. Ihr tragt Halsbänder, Herrgott noch mal. Ihr müsst in Shiftertowns leben. Ihr werdet wie Bürger zweiter Klasse behandelt. Wieso glaubst du, dass ihr etwas gegen einen mächtigen Drogenbaron ausrichten könnt, wenn die Bullen, das FBI und selbst andere Gangs ihm nichts anhaben können?"

„Weil Shifter sich einen Dreck um Halsbänder, Shiftertowns und idiotische, menschliche Regeln scheren", erwiderte Ronan ebenso laut. „Die Menschen fühlen sich so gut, weil sie uns bezwungen und unter Kontrolle gebracht haben, nicht wahr? So sicher, weil die Bestien im Käfig sind. Falls du es noch nicht bemerkt haben solltest: In der Zwischenzeit machen wir alles, was wir wollen."

Ja, Elizabeth hatte das bemerkt. Sie erinnerte sich an den Gerichtssaal, wo die Richterin, der Staatsanwalt und der Gerichtsdiener nervös und besorgt gewesen waren, während Liam und Ronan völlig unbekümmert wirkten. Die Gestaltwandler hatten die Situation unter Kontrolle gehabt und das auch gewusst. Ronan hatte Elizabeth ebenfalls ganz beiläufig jeden Morgen zu ihrem Laden begleitet –

und dabei offenkundig seine Auflage ignoriert, in Shiftertown zu bleiben. Er traf Vorsichtsmaßnahmen, damit er nicht gefasst wurde, aber er ließ sich nicht aufhalten.

„Ich will trotzdem nicht, dass du gegen denjenigen antrittst, den Julio beschwatzt hat, für ihn zu arbeiten", sagte Elizabeth.

Das Funkeln in Ronans Augen machte sie verrückt. „Warum nicht? Es könnte Spaß machen."

„Ronan!"

„Lass den Kampf meine Sorge sein. Und diesen Drogenbaron auch. Also, wer ist er?"

„Verdammt, Ronan, wenn du dich gegen ihn stellst, wird er dich töten. Er wird sich nicht auf Gespräche einlassen, sondern dich und alle deine Shifterfreunde einfach umbringen. Ich meine es ernst."

„Ich meine es auch ernst. Warum glaubst du, hat dich Pablo Marquez die ganze Woche in Ruhe gelassen? Weil Dylan und Sean sich mit ihm unterhalten haben. Marquez plant, seine Geschäfte hier zu beenden und woanders hinzuziehen."

„Davon hab ich gar nichts gehört."

„Natürlich nicht. Die Morrisseys machen ihren Kram und halten die Klappe. Ich habe es dir nicht gesagt, weil ich es schön fand, dass du nicht an ihn gedacht hast. Und jetzt möchte ich sicherstellen, dass du dir über diesen anderen Kerl keine Gedanken mehr machen musst – über den, dessen Namen du mir jetzt sagen wirst."

Elizabeth presste die Hände gegeneinander. Sie wusste nicht, was sie tun sollte. Vor Unentschlossenheit und Angst wollten ihr die Tränen in die Augen steigen.

Ronans Berührung wurde zarter. „Liebling", sagte er mit der sanften Stimme, die sie so zu lieben gelernt hatte. Er zog sie an sich. „Hab keine Angst. Ich kümmere mich jetzt um dich. Das ist es, was es bedeutet, an einen Gefährten gebunden zu sein."

„Aber ich könnte dich verlieren." Ihre Stimme brach. „Endlich habe ich etwas Gutes gefunden, und ich werde dich *verlieren*!"

Ronan schmiegte sie an sich. „Lizzie-Girl", sagte er. Seine Lippen berührten ihr Haar. „Mach dir keine Sorgen."

Sie standen eng aneinandergeschmiegt in der leichten Brise der Nacht, die die feuchtheiße Luft abkühlte. Der Schmerz, der Elizabeth' Herz zusammenzog, sorgte für mehr Tränen, die Ronans schwarzes T-Shirt über seiner Brust durchnässten. In ihrem Leben hatte es so wenige gute Dinge gegeben, so wenige gute Menschen, daher schrie alles in ihr: *Lass nicht los!*

Sie wischte sich die Tränen aus den Augen, stellte sich auf die Zehenspitzen und küsste ihn.

Ronans Mund war warm, schmeckte heiß und würzig. Elizabeth klammerte sich an ihn, während er ihren Kuss erwiderte. Seine Zunge streichelte ihre mit sanfter Inbesitznahme.

Selbst in so kurzer Zeit war dieser Mann ein Fels in ihrem Leben geworden. Dass jemand ihn ihr wegnehmen könnte ... *Nein!*

Ronan wärmte ihr mit seinen großen Händen den Rücken, die Berührung war besänftigend. „Wir sollten reingehen", sagte er. „Nicht ins Haus. Rebecca ist oben und kümmert sich um Olaf, und in deinem Zimmer quatschen deine Schwester und Cherie wie verrückt. Shiftergehör. Und Geruch", fügte er hinzu, um zu erklären, woher er das wusste. „Außerdem herrscht in meinem Zimmer immer Unordnung."

Bei den letzten Worten lächelte er ihr etwas verschämt zu, was bewirkte, dass die ihn nochmals küsste. Er deutete auf den Bau, und sie nickte. Ronan nahm ihre Hand und führte sie hinein.

Kapitel Dreizehn

Der Bau war leer, dunkel und still. Ronan schaltete das Licht an und schloss die Jalousien, um die Nacht auszusperren.

Dieses Mal versuchte er nichts Romantisches, wie Elizabeth zum Bett zu tragen. Er küsste sie einfach, während er die Hände unter den Saum ihres kurzen Tops schob und es ihr über den Kopf zog.

Sie trug einen winzigen schwarzen BH darunter, einen Streifen Satin und Spitze, über dem sich ihre Brüste wölbten. Sie schloss die Augen, als Ronan eine Fingerspitze über ihr Schmetterlingstattoo zog, das jetzt völlig entblößt war. Neulich Nacht hatte es gut geschmeckt, und Ronan senkte den Kopf, um es erneut zu kosten.

Elizabeth gab ein leises Geräusch der Erregung von sich und grub die Finger in sein Haar. Sie roch gut, der Zimtgeruch überlagert von ihrem eigenen Moschusduft. Er schmeckte Salz und sie selbst, als er die Zunge über die glatten Linien der Tätowierung gleiten ließ.

Elizabeth' strich ihm mit den Händen über den Rücken und zerrte an seinem T-Shirt. Ronan half ihr, indem er das Shirt auszog und zur Seite warf. Zur Belohnung ließ sie die Hände an seinem Oberkörper hinabgleiten. Ihre Finger fanden seine flachen Brustwarzen, umgeben von krausem Haar.

„Du bist bestimmt der größte Mann, den ich je gesehen habe", sagte sie.

„Kodiakbären werden groß." Er legte seine Hände um ihre Taille. „Du hingegen bist winzig."

Sie lachte leise. „Ach, komm schon. Ich bin in meinem ganzen Leben noch nie als *winzig* bezeichnet worden."

„Für mich bist du das. Und doch ...", er legte seine Hände unter ihre Brüste, „hast du Kurven, in denen sich ein Mann verlieren könnte."

„Du bist auch nicht gerade schlecht gebaut." Elizabeth strich mit den Hände zu seinem Hintern, der noch in der Jeans steckte. Für gewöhnlich hakte sie ihre Finger gern in seine Gürtelschlaufen, aber diesmal ließ sie sie in die hinteren Hosentaschen gleiten.

„Daran könnte ich mich gewöhnen", sagte Ronan. „Aber ich werde gerade vom Wahn überfallen."

„Wieder der Paarungswahn?"

Ronan schob einen Daumen unter das Gummi ihres BHs. „Der Fluch der Shifter: der Paarungswahn. Wenn er uns überfällt, werden wir alles tun, um uns mit unserer Gefährtin einzuschließen und nicht wieder herauszukommen, bevor er vorbei ist. Tage später. Oder Wochen."

„Gut."

Ronan wurde warm. „Gut?"

„Dann wirst du zu beschäftigt sein, um in diesen blöden Kampfclub zu gehen."

„Vielleicht." Ronans Blut kochte vor Verlangen, auf seiner Haut bildeten sich kleine Schweißperlen. Elizabeth war so hübsch und weich und verdammt sexy in diesem BH. Die Entscheidung, ob er lieber eine Woche mit ihr im Bett verbringen oder gegen einen stinkenden Shifter antreten sollte, fiel nicht schwer. Er fuhr mit dem Finger hinter ihren Rücken zu ihrem BH-Verschluss und machte sich an den Häkchen zu schaffen. „Ich kann das hier nicht so gut."

Ihr Lächeln ließ ihre Augen sanfter aussehen. „Nun erzähl mir aber nicht, dass du unerfahren bist."

„Ich war noch nie mit einer menschlichen Frau zusammen." Endlich hatte Ronan die beiden Haken gelöst. „Ich habe das Gefühl, etwas verpasst zu haben."

Elizabeth zog ihre Hände aus Ronans Hosentaschen und streifte sich die BH-Träger von den Schultern. Ihre Brüste lagen frei. Sie waren rund und voll mit dunkelrosa Spitzen. Er stellte fest, dass sie ein weiteres Tattoo hatte, ein winziges, direkt unter ihrer linken Brustwarze – eine perfekt geformte kleine Fee mit fein gezeichneten Flügeln. Er senkte den Kopf und küsste die Tätowierung.

Als Elizabeth nach Atem rang, wurde ihm noch heißer. Er leckte die Stelle, die er zuvor geküsst hatte.

„Das hat wehgetan, als ich es mir habe machen lassen", sagte Elizabeth so leise, dass ihre Stimme fast nur noch ein Flüstern war. „Ich hab gedacht, ich wäre total irre. Die Frau, die es gestochen hat, war allerdings eine echte Künstlerin."

„Ich mag es", sagte Ronan dicht an ihrer Haut. Sein Mund wanderte höher, und er fing ihre Brustspitze mit der Zunge ein.

Elizabeth stand ganz still und ließ den Gefühlen, die sie durchströmten, als sein Mund seinen Tanz vollführte, freien Lauf. Ihr Körper war bereit, sehnte sich danach, ihn in sich zu spüren.

Sie öffnete seine Gürtelschnalle und den Knopf seiner Jeans. Ronan hob den Kopf. In seinen Augen lag das gleiche Verlangen, das sie auch durchströmte. Schnell zog er die Stiefel aus, machte den Reißverschluss seiner Jeans auf, entledigte sich ihrer und der Unterwäsche gleich mit.

Elizabeth hatte ihn schon zuvor nackt gesehen, aber dieses Mal war es anders. Beim letzten Mal hatte er seine Gestalt gewandelt. Er war ein Krieger gewesen, der sie beschützte. Jetzt war er ein Mann, der sich ausgezogen hatte, um mit ihr ins Bett zu gehen.

Sie strich über seine Brust und seinen flachen Bauch und hielt inne, als sie seine Erektion erreichte. Ihr Verlangen wurde noch größer, als sie ihre Hände darum schloss.

„Dann stimmen die Gerüchte also", sagte sie, „über die zusätzlichen Zentimeter."

„Jedes einzelne dieser Gerüchte, Schätzchen."

Sie wollte lachen. „Du bist ganz schön überzeugt von dir."

„Nachher wirst *du* überzeugt von mir sein."

„Quatschkopf."

Elizabeth stellte sich, ohne ihn loszulassen, auf die Zehenspitzen und küsste ihn auf den Mund. Ronan gab einen genüsslichen Laut von sich, als sie ihn sanft drückte, und der Kuss, mit dem er darauf reagierte, raubte ihr den Atem.

Jegliche Zurückhaltung schwand. Ronan riss ihr die Jeans auf, und der obere Knopf flog durchs Zimmer. Bevor Elizabeth ihm zu Hilfe kommen konnte, hatte er ihr die Hose hinuntergeschoben und ihr in derselben Bewegung auch gleich die hochhackigen Halbstiefel ausgezogen. Als Nächstes war ihr zum BH passendes schwarzes Satinhöschen dran. Seine großen Hände lagen warm auf ihren Beinen.

Jetzt war sie nackt, wie er auch. Ihre Körper berührten sich. Er küsste sie, während er sie an sich zog, sie hochhob und zum Bett trug.

Er schlug die Steppdecke zurück und legte Elizabeth auf die Laken. Dann kam er selbst zu ihr auf die Matratze. Wieder fasste sie ihn an. Sie wusste genau, was sie wollte. Sie kniete sich hin und manövrierte ihn auf den Rücken, dann setzte sie sich auf seine Beine, sodass sie ihn weiter mit der Hand erkunden konnte.

Ronan verschränkte die Arme hinter dem Kopf und beobachtete Elizabeth mit intensivem Blick, während sie ihn streichelte. Sie erkannte, dass er sich zurückhielt und sich nicht gestattete, sie anzufassen, sondern abwartete, was sie tun würde.

„Lizzie-Girl", sagte er mit rauer Stimme. „Du bringst mich noch um."

Elizabeth warf ihm einen schelmischen Blick zu. Sie beugte sich vor, leckte seinen Nabel und von dort aus weiter nach unten. Ihre Zunge glitt über seine Länge, bevor sie die Lippen um ihn schloss.

Aber nicht lange. Ronan knurrte, ein Geräusch, das tief aus seinem Innersten kam. Er zog Elizabeth hoch und drehte sie auf den Rücken, wobei er sie an sich presste, damit sie sanft auf der Matratze landete. Mit einem seiner großen Knie schob er ihr die Schenkel auseinander, und dann war er über ihr. Er glitt in sie hinein.

Elizabeth bäumte sich auf, bog sich ihm entgegen. Geschmeidig stieß er tiefer in sie. Sie war so feucht, dass es pure, atemberaubende Lust war.

Ronans Augen flackerten und nahmen die hellere Farbe an, die zeigte, dass ein Shifter seine Gestalt ändern wollte. Aber er verwandelte sich nicht. Er füllte sie aus, seine Muskeln bewegten sich, während er sein Gewicht so über ihr hielt, dass er sie nicht erdrückte. Selbst jetzt fürchtete er, ihr wehzutun.

Elizabeth schlang ein Bein um ihn und strich mit dem Fuß bis zu seinem festen Po. Ronan küsste sie, während er sie liebte – heiße Küsse voller Verlangen. Sie schmeckte seine Einsamkeit, sein Begehren und die Hoffnung, dass sein Alleinsein ein Ende gefunden haben könnte.

Manchmal in der Vergangenheit hatte sich Elizabeth allein gefühlt, wenn sie mit einem Mann geschlafen hatte – selbst während des Sex. Mit Ronan fühlte sie sich verbunden – nicht nur körperlich, sondern durch eine Wärme, die ihr Herz und ihr Blut durchdrang.

Sie flüsterte seinen Namen, und er sah ihr voller Liebe in die Augen. Elizabeth' Körper öffnete sich für ihn, und auch sie wurde von den Emotionen überwältigt. Sie waren ein Ganzes, vereint wie zwei Feuerströme, die zusammenflossen und eins wurden.

Und dann wichen ihre Gedanken reinem Fühlen. Die Intensität der Vereinigung überwältigte sie, löschte ihre Angst aus, ihren Schmerz, ihre Einsamkeit ... alles. Sie war mit Ronan zusammen, abgeschirmt von der Welt und allem anderen, außer diesem Glück.

Ein Orgasmus aus weißglühender Lust überwältigte sie. Sie schrie auf und hörte Ronan es ihr gleichtun. Sie kamen gemeinsam – Ronan über ihr, seine Küsse heiß und wild.

Sie liebten sich eine lange Zeit, bis die besessene Hitze wohliger Wärme wich. Schließlich fielen sie zurück aufs Bett. Ihre Lippen fanden sich, ihre Hände bewegten sich, beide gaben und nahmen, bis alles zur Ruhe kam und sie auf den zerwühlten Laken in den Schlaf glitten.

***

Eine ganze Zeit später zwang sich Elizabeth, die schweren Lider zu öffnen, und sah Ronan am Bettrand sitzen und auf etwas starren, das er in der Hand hielt. Nein, er tippte auf etwas Leuchtendem herum. Elizabeth rieb sich die Augen und sah, dass es ein Handy war.

„Durchsuchst du jetzt meine Hosentaschen?", fragte sie.

„Das lag auf dem Fußboden." Ronan scrollte mit dem Daumen durch eine Liste von Telefonnummern. „Es muss herausgefallen sein, als wir uns gegenseitig die Kleider vom Leib gerissen haben. Aber das ist nicht dein Handy."

„Das weiß ich." Elizabeth zeichnete die Kurven des keltischen Tattoos auf seinem Rücken nach. „Es gehört Julio Marquez."

Ronan drehte sich zu ihr um und sah sie an. Im grellen Licht des Handys leuchteten seine Augen. „Und du hast das, weil ...?"

„Ich hab es ihm geklaut, als er an mir vorbei zum Parkplatz gegangen ist. Ich dachte, es könnte nützlich sein." Sie legte sich wieder hin, ohne die Finger von seinem Rücken zu nehmen. „Nein, ehrlich gesagt wollte ich ihn ärgern. Es war meine Art, es ihm heimzuzahlen."

„Allerdings glaube ich, dass du recht hast: Es wird nützlich sein", sagte Ronan. „Sehr sogar. Julio telefoniert ziemlich viel. In letzter Zeit mit jemandem namens ... Casey."

Elizabeth erstarrte, ihr Blut gefror zu Eis. „Zach Casey", flüsterte sie.

Ronan drehte sich ganz zu ihr um und kam zurück ins Bett. „Das ist der Typ, vor dem geflohen bist?"

„Ronan, bitte, ich habe dir das doch erklärt." Sie schloss die Hand um seinen Arm und fühlte, wie Angst sie überkam. „Geh nicht zu ihm. Ich glaube, ich würde es nicht überleben, wenn ich dich verliere."

Ronan schaltete das Handy aus und legte es auf den Nachttisch. „Sieht so aus, als ob unser Freund Julio ihn schon angerufen hat. Ich könnte jetzt dreimal raten, worüber die beiden wohl geredet haben."

„Verdammt. Warum kann er mich nicht in Ruhe lassen?" Elizabeth wusste selbst nicht, ob sie Marquez meinte oder Zach, aber es spielte auch keine Rolle.

„Das wird er", sagte Ronan. In seiner Stimme lag keine der üblichen Neckereien, hinter denen er sich sonst versteckte. „Ich könnte wetten, dass dieser Kampf Julios hinterhältiger Plan ist, mit dir und mir abzurechnen. Daher werde ich seine kleine Falle sabotieren und ein paar eigene Geheimwaffen mitbringen. Und ich brauche deine Hilfe, also mach jetzt bitte nicht auf hilfloses Mädchen."

„Ich habe keine Angst um mich selbst. Ich habe Angst um dich", sagte Elizabeth.

Sorglos fuhr Ronan fort: „Ich muss mit Spike reden und mit Sean. Und ich verspreche dir, Lizzie-Girl, ab übermorgen musst du keine Angst mehr haben. Vor niemandem." Er küsste sie und spürte immer noch die Hitze ihres Liebesakts. „Bist du dabei?"

Elizabeth fuhr sich mit der Hand durchs Haar, wodurch einige rote Strähnen abstanden. „Goldlöckchen war ziemlich zäh, schätze ich."

„Ich hab gehört, sie hat sich mit Papa Bär zusammengetan, und die beiden lebten glücklich bis ans Ende ihrer Tage."

Elizabeth runzelte die Stirn. „An die Version der Geschichte kann ich mich gar nicht erinnern."

„Wie wär's, wenn wir das besprechen? Sean ist vermutlich noch wach, aber ich möchte seine Gefährtin nur ungern stören, indem ich jetzt anrufe. Er kann warten."

„Wie ‚besprechen'?" Elizabeth' Angst verschwand nicht, wurde aber von einer angenehmen Wärme zurückgedrängt. Egal, was Zach oder Julio glaubten, in Shiftertown war sie vor Zach Casey sicher.

„Wie wär's, wenn wir die Diskussion vertagen?" Ronan legte ihr eine Hand auf die Taille und rollte sich halb auf sie, wobei er sie wärmte wie die beste aller Decken.

„Klingt gut", sagte Elizabeth, und dann war die Zeit zu reden vorbei.

***

Samstag war der betriebsamste Tag in Elizabeth' Laden. Ronan wollte, dass sie in Shiftertown blieb, aber Elizabeth weigerte sich, sich zu verstecken und den besten Umsatz der Woche zu verpassen. Sie waren jetzt gewarnt, dass sie nach Zach Ausschau halten mussten, und auch diesmal würde sie sich ihr Leben nicht aus Angst kaputtmachen lassen.

Ronan konnte riechen, dass Elizabeth' Adrenalinpegel anstieg, als sie den Laden öffnete, doch es kamen nur harmlose Kunden, gefolgt von Glory und Rebecca, die sich viel Zeit für ihren Einkauf ließen. Elizabeth wusste, dass sie als Babysitter fungierten, sagte aber nichts dazu.

Spike und Sean kamen durch den Hintereingang, um mit Ronan zu sprechen, aber niemand erledigte heute irgendwelche Reparaturarbeiten.

„Klar kann ich dich in die Shifterkämpfe einschleusen", sagte Spike zu Ronan. Sie standen in Elizabeth' Büro, die Tür war geschlossen. Elizabeth war mit den Kunden, Glory und Rebecca im vorderen Bereich. „Frisches Blut mögen alle. Aber ich habe noch nie von einem Champion gehört, der von Marquez gesponsert wird. Er kann nicht von hier sein. Weißt du, wie er heißt?"

„Das hat Julio nicht gesagt." Ronan lehnte sich an den Schreibtisch und dachte daran, wie Elizabeth sich in der Nacht an ihn gekuschelt hatte. Ihr Körper hatte so perfekt mit seinem zusammengepasst.

„Das ist nicht gut", sagte Spike. „An so einem Ort musst du aufpassen, Ronan. Die einzigen Regeln sind, dass man im Ring bleiben muss und keine Waffe benutzen darf. Ansonsten ist alles erlaubt. Die Shifter lassen dort die Bestie raus."

„Glaubst du, ich kann das nicht?", fragte Ronan mit einem milden Grinsen.

„Ich glaube, dass du das lange nicht mehr getan hast. Betrunkene Menschen aus der Bar zu eskortieren ist etwas anderes, als gegen einen Tiger anzutreten, der zum Frühstück rohes Steak isst und nach einem Kampf lechzt."

„Ich wette, der könnte schon allein wegen seines Mundgeruchs gewinnen", bemerkte Ronan. Sean lachte leise.

„Nimm das ernst, Ronan", warnte Spike. „Diese Kerle sind abgebrüht. Wenn Marquez einen Champion hat, dann bedeutet das, dass er eine ganze Reihe Kämpfe gewonnen haben muss. Der wird dir keinen leichten Sieg schenken."

„Ich habe mir einige dieser Kämpfe angesehen", stimmte Sean zu. „Ich glaube ihm."

„Es geht aber doch nicht bis zum Tod, oder?", fragte Ronan. „Ich will niemanden töten, der vielleicht eine Gefährtin und Junge hat."

Spike schüttelte den Kopf. „Nicht bis zum Tod. Wir wollen alle anschließend nach Hause gehen. Die Ringrichter beenden den Kampf, wenn einer nicht mehr hochkommt. Aber es kann ziemlich übel werden." Er sah Sean an. „Ich glaube, du solltest überhaupt nicht kommen, Sean. Die Anwesenheit eines Wächters wird die Leute nervös machen."

„Es könnte aber auch sein, dass ein Kampf bis zum Tod genau das ist, was Marquez will", sagte

Sean. „Was, wenn einer von denen den Löffel abgibt, und es ist kein Wächter zur Stelle?"

Spike wirkte besorgt, aber Ronan glaubte zu wissen, warum. Nicht weil Sean vielleicht gebraucht werden würde, sondern weil Sean Liam erzählen könnte, dass Spike an den Kämpfen teilnahm. Und niemand legte sich gerne mit Liam an.

„Mach dir keine Sorgen", beruhigte Sean ihn. „Ich komme inkognito, und mein Bruder wird nichts erfahren."

Von der Tür erklang Elizabeth' Stimme. „Ich dachte, du wärst hergekommen, um es ihm auszureden, Sean."

Alle drei zuckten wie schuldbewusste Teenager zusammen, als Elizabeth den Raum betrat.

Sie war nicht glücklich, so viel war offensichtlich. Ronan bemerkte jedoch ihre Jeans und das enge rote Top, die hochhackigen Halbstiefel, die Strähnchen in ihren Haaren, die zu ihrem Shirt passten. Er spürte, wie der Paarungswahn ihn erfasste. Die Linien des Schmetterlings, die am Dekolleté des Tops herauslugten, erinnerten ihn an die wunderschöne, kleine Fee auf ihrem Busen. Für einen Moment verschwamm alles, was Sean sagte, mit den Hintergrundgeräuschen.

„Ich bin hier, um dir auf ganz andere Art zu helfen, Mädchen", glaubte er Sean sagen zu hören. „Mit meinem treuen Laptop." Er hatte ihn auf Elizabeth' Schreibtisch aufgestellt. Der Laptop sah schlicht aus, geradezu billig, aber Seans Finger glitten über die Tastatur, und ein Fenster nach dem anderen öffnete sich. „Du wirst mir alles über Rachel Sullivan und ihre kleine Schwester erzählen, und ich werde sie verschwinden lassen. Für immer." Er wackelte einige Zentimeter über der Tastatur mit den Fingern. „Wie von Zauberhand."

„Für immer." Elizabeth starrte den Laptop mit einem merkwürdigen Gesichtsausdruck an.

„Niemand wird dich je wieder mit ihr in Verbindung bringen", sagte Sean. „Und niemand wird in der Lage sein, dich über diesen Namen zu finden. Du wirst von Geburt an Elizabeth Chapman sein. Ist es das, was du willst?"

Elizabeth erstarrte und blickte wie gebannt auf den Laptop, als könne er jeden Moment vom Tisch springen und sie verschlingen. Ihr Bedürfnis nach körperlicher Nähe, nach Sicherheit, überflutete Ronan.

Aber er zwang sich, stehen zu bleiben, wo er war, auch wenn er die Arme vor der Brust verschränken musste, um sich davon abzuhalten, zu ihr zu gehen. Diese Entscheidung musste sie selbst treffen, ohne von ihm, Sean, Julio oder Zach Casey beeinflusst zu werden.

Elizabeth atmete tief ein, ihr Blick wanderte vom Laptop zu Ronan.

„Ja", sagte sie.

***

Elizabeth hörte, wie Ronan ihr in die Gasse gefolgt war, in der sie sich beruhigen und das Schwindelgefühl in den Griff bekommen wollte, das sie überfallen hatte. Drinnen war Sean dabei – wie auch immer er es anstellte – jede Spur der Person zu tilgen, die Elizabeth einmal gewesen war.

Ronan blieb neben ihr stehen, die breiten Schultern und einen Fuß gegen die Wand gestützt. Er schwieg und fasste sie nicht an. Dieser Mann wusste, wie man jemandem beistand – einfach durch seine Gegenwart.

„Wie kann das helfen, was Sean tut?", fragte Elizabeth. „Ganz gleich, wie vorsichtig ich war, Pablo Marquez' Freundin hat mich gefunden. Wie kann Sean andere davon abhalten, durch Zusammenfügen der gleichen Informationen ebenfalls zu diesem Ergebnis zu kommen?"

„Kein Hacker kann einen Wächter toppen", sagte Ronan leise. „Frag mich nicht, wie sie das machen. Es ist ein Geheimnis, das nur die Wächter kennen, und ich bin keiner, der Göttin sei Dank."

„Warum sollte er das für mich tun? Wenn er erwischt wird ..." Elizabeth' Stimme war bei den letzten Worten nur noch ein Flüstern, während sie die anderen verschlossenen Türen der Gasse ansah.

„Sean? Erwischt? Du wärst erstaunt, was er und Liam so alles treiben. Und ihr Vater erst."

„Ich will nicht, dass du heute Abend dort hingehst. Ich habe gehört, was Spike gesagt hat." Sie sah zu ihm auf. Er war groß wie ein Wrestler, nichts an ihm war weich. „Aber du wirst sowieso nicht auf mich hören, oder?"

„Oh, ich höre dir zu, Lizzie-Girl."

„Aber Du wirst trotzdem gehen."

„Es ist eine gute Möglichkeit, Marquez und seine Drohungen aus deinem Leben zu streichen. Sean kann dir mit seinem Laptop helfen, ich mit meinen Fäusten." Aus den Augenwinkeln warf er ihr einen Blick zu, der sie an seine Wärme in der Nacht erinnerte und daran, wie sicher sie sich in seinen Armen gefühlt hatte. „Ich bin ziemlich gut in dem, was ich tue."

Das war er, doch sie wusste, dass er nicht den Sex meinte. „Du dürftest noch nicht einmal Shiftertown verlassen", murmelte sie leise. „Schon gar nicht, um zu einer Scheune mitten im Nirgendwo zu fahren."

„Das macht die Herausforderung nur noch größer."

Sie stieß ein verzweifeltes Seufzen aus. „Ich bin dankbar für das, was Sean tut, aber die Daten meiner Vergangenheit zu löschen, wird mich nicht mehr vor Zach verbergen können. Julio hat bereits Kontakt zu ihm aufgenommen."

„Elizabeth." Ronan drehte sich zu ihr. Seine Hände ruhten links und rechts von ihr an der Wand. „Du musst dir niemals mehr wegen der Marquez-Brüder oder diesem Zach oder irgendetwas, das sie dir antun könnten, Sorgen machen. Was sie auch vorhaben, es wird dich nicht treffen. Wir sind für dich da."

Niemand hatte das je zuvor zu ihr gesagt und es ernst gemeint. In Ronans Augen stand Entschlossenheit. Seine enorme Stärke stand wie ein Schutzwall zwischen ihr und der Welt.

„Warum tut ihr das für mich? Vor anderthalb Wochen habt ihr mich kaum gekannt."

Ronan beugte sich näher zu ihr. Noch nie hatte sie es geschafft, ihm auszuweichen, wenn er sie in die Arme schließen wollte. Sie hatte es auch noch nie gewollt.

„Ich habe dir das Gefährtenversprechen gegeben", sagte Ronan. „Das macht dich zu einer von uns. Vielleicht verlässt du uns, dann werden wir dich nicht aufhalten, aber wir werden niemals zulassen, dass dir etwas zustößt. Du bist Mitglied ehrenhalber – in meinem Clan, in Ellisons Rudel und auch in

Seans und Liams –, bis du ein vollwertiges Mitglied meines Clans wirst." Er kam noch dichter an sie heran und knabberte mit seinen Lippen sanft an ihr. „Was, wie ich hoffe, sehr bald sein wird."

„Kein Druck", sagte sie, aber sie lächelte dabei.

„Nein." Er knabberte wieder an ihr und küsste sie sanft. „Überhaupt kein Druck."

„Ich komme heute Abend mit dir", sagte sie.

„Nun, das hoffe ich doch. Es wäre nicht das Gleiche, wenn meine zukünftige Gefährtin nicht da wäre, um mich anzufeuern."

„Wer sagt denn, dass ich dich anfeuern werde, du aufgeblasener Bär?"

„Das wirst du. Und wenn ich gewinne, wirst du dich mir an den Hals werfen."

„Träum weiter."

„O ja", pflichtete Ronan ihr bei. „Schätzchen, glaub mir, ich habe einige wirklich großartige Träume."

Kapitel Vierzehn

Die provisorisch errichtete Arena für die Shifterkämpfe lag am Ende eines Feldwegs, ein ganzes Stück nordöstlich vom Highway 290. Elizabeth klammerte sich an Ronan, während er sein Motorrad in eine Zulieferstraße lenkte, dann auf eine noch kleinere Straße und schließlich auf einen unmarkierten Weg, dessen Asphaltierung nach wenigen Metern aufhörte.

Am Ende dieses Feldwegs lag eine verlassene Farm, eingebettet zwischen niedrigen Bäumen, Teichen und Lagertanks, die im Mondlicht schimmerten. Die Scheune war ein unglaublich langes, inzwischen rostiges Metallgebäude, das einmal erbaut worden war, um Heu für eine riesige Menge Vieh zu lagern.

Das Heu war längst weg, genau wie das Vieh, das es gefressen hatte. Jetzt roch die Scheune rostig, muffig und schmutzig. Aber heute Abend loderten Feuer in Fässern in der Mitte, und im Inneren herrschte eine Atmosphäre voller Leben und Aufregung.

Elizabeth spürte die Erwartungen, als sie dicht hinter Ronan hineinging, Spike direkt hinter sich. Er trug ein Muskelshirt, das seine über und über tätowierten Arme freiließ. Er hatte wunderschöne Tattoos, von einem echten Künstler gestochen, in leuchtenden Farben und mit fließenden Formen. Ihm folgte Ellison in seinen üblichen Cowboystiefeln, schwarzem Button-down-Hemd und einem Stetson.

Hinter Ellison lief Sean, heute ohne Schwert. Aber obwohl er behauptete, er sei „inkognito" da, erkannte ihn jeder. Elizabeth sah, wie die Shifter unbehaglich zurückwichen, als er vorbeiging. Andrea hatte ihr erklärt, dass die Wandler die Wächter zwar respektierten, diese aber auch als unbehagliche Erinnerung an den Tod empfanden. Sean schien das nichts auszumachen, aber Elizabeth hatte die Stille in ihm bemerkt, und wie er Andreas Liebe geradezu in sich aufsog. Wie ein Mann, der zu lange Durst gelitten hatte.

Andrea war wegen ihrer fortgeschrittenen Schwangerschaft zu Hause geblieben, aber unter die Männer hatten sich auch viele Frauen gemischt. Einige von ihnen waren hochgewachsene Shifter, aber die meisten waren menschlich.

Auch Shiftergroupies waren anwesend, Männer und Frauen. Manche von ihnen trugen falsche Katzen- oder Wolfsohren, andere hatten sich Schnurrhaare aufgemalt oder ihre Augen in Katzenform geschminkt. Die weiblichen Groupies trugen knappe Kleidung, die Männer, die auf Sex aus waren, tief sitzende Jeans und enge T-Shirts oder gar keine Oberteile.

Andere Männer, die einfach nur die Nähe von Gestaltwandlern suchten, waren konservativer gekleidet und beäugten die weiblichen – und manche auch die männlichen – Groupies mit berechnenden Blicken.

Die menschlichen Männer musterten Elizabeth sehr eingehend, als sie Ronan in ihrem roten Top und Jeans folgte. Die Blicke blieben an ihrem Tattoo hängen. Elizabeth war schon öfter so betrachtet worden, aber noch nie hatte sie sich so sehr wie ein Stück Fleisch auf Beinen gefühlt. Die Shifter musterten sie auch, bemerkte sie, aber dann sahen sie Ronan an, atmeten tief ein und blickten weg.

Sie hatte erfahren, dass nicht alle anwesenden Wandler aus Ronans Shiftertown kamen. Die Kampfclubs lockten Besucher aus Austin, aus dem texanischen Hügelland und San Antonio an. Im Osten reichte das Einzugsgebiet sogar bis Houston, im Norden bis Waco und im Westen bis San Angelo. Die Menschen mochten es nicht, wenn sich Wandler aus verschiedenen Shiftertowns trafen, aber die Kampfclubs waren nach Spikes Aussage zu Schmelztiegeln geworden. Und was die Menschen nicht wussten, brachte den Shiftern keinen Ärger, hatte der tätowierte Mann hinzugefügt.

Die Scheune war in verschiedene Bereiche aufgeteilt worden. Es gab genug Platz, um drei Kämpfe gleichzeitig stattfinden zu lassen. Am hinteren Ende hatte bereits einer begonnen. Shifter wie Menschen feuerten die Kontrahenten an.

Als Ronan und Elizabeth den letzten Ring erreicht hatten, hatten sich die beiden Shifter, ein Wolf und eine Wildkatze, ineinander verbissen. Die Wildkatze hatte viel von einem Löwen an sich, mit Mähne und allem, was dazugehörte. Der Wolf war einfach nur groß. Das Halsband des Wolfs knisterte und sprühte Funken, doch das der Wildkatze reagierte merkwürdigerweise überhaupt nicht.

„Scheiße", sagte Sean hinter ihr. „Das ist mein Dad."

Die Wildkatze hatte die Oberhand gewonnen. Der Wolf fauchte und kämpfte, sein Halsband spielte verrückt. Schließlich bekam die Wildkatze den Wolf mit ihrer großen Pranke zu packen und sandte ihn zu Boden. Dort hielt sie den Wolf fest, dessen Augen weiß vor Wut und Schmerz waren.

Fünf Shiftermänner sprangen über den niedrigen Kreis aus Betonblöcken, die den Kampfring markierten. Sie schrien und winkten. Ringrichter, nahm Elizabeth an, die den Kampf beendeten.

Die Wildkatze trat zurück. Der Wolf rollte sich auf die Füße und schüttelte sich wie ein Hund. Wellen überliefen ihn, und er verwandelte sich in einen jungen Mann mit wildem schwarzem Haar. Er erhob sich, stemmte die Hände in die Hüften und atmete schwer. Sein Halsband sprühte noch immer Funken.

Die Wildkatze nahm die Gestalt von Dylan Morrissey an. Ronan hatte Elizabeth gesagt, dass dieser selbst für Shifterbegriffe allmählich alt wurde, aber als Mann sah er höchstens wie Ende vierzig aus. Und er war in fantastischer Verfassung. Sein Halsband rührte sich nicht, und er wirkte nicht besonders mitgenommen.

Die Ringrichter erklärten Dylan zum Gewinner, und diejenigen, die auf seinen Sieg gewettet hatten, spielten verrückt.

„Dad!", rief Sean.

Dylan sah sie, stieg über die Betonblöcke und kam zu ihnen – völlig unbeeindruckt davon, dass er Elizabeth nackt gegenübertrat. Aber viele der Wandler waren nackt, dehnten sich, wärmten sich auf und bereiteten sich auf ihre Kämpfe vor.

„Seit wann nimmst du an Shifterkämpfen teil?", fragte Sean ihn.

Dylan zuckte mit den Schultern. „Sie halten mich fit."

„Weiß Liam das?"

Dylan nahm ein Hemd von Glory entgegen, die aus der Menge aufgetaucht war. „Nicht alles, was ich tue, geht Liam etwas an, Sohn."

Glory lehnte sich an Dylans Schulter. „Da hast du recht. Es ist verdammt sexy, wenn Dylan kämpft. Das bringt mein Blut zum Kochen."

Peinlich berührt sah Sean zur Seite. Glory gab Elizabeth hinter Dylans Rücken ein „Daumen hoch"-Zeichen. Dylan drehte sich weg, als sei es ihm gleich, was irgendjemand über ihn dachte, und Glory folgte ihm in die Menge.

„Eltern ...", sagte Sean zu Elizabeth. „Aber was soll ich tun? Ich bin froh, dass Glory nur meine Stiefmutter ist."

„Du solltest das zu schätzen wissen, Sean", sagte Elizabeth über den Lärm hinweg. „Ich habe nie einen Vater gehabt, nicht einmal einen peinlichen."

Sean nickte ihr zu. „Da hast du recht. Liam und ich haben unsere Mutter vor langer, langer Zeit verloren."

Elizabeth legte ihm mitfühlend die Hand auf die Schulter, dann hielt sie inne. „Moment mal. Warum hat Dylans Halsband nicht ausgelöst?" Sie erinnerte sich daran, wie Kim stolz im Gerichtssaal gestanden und behauptet hatte, die Tatsache, dass Ronans Halsband dunkel geblieben war, würde bedeuten, dass er nicht die Absicht gehabt hatte, jemanden zu verletzen. „Sie haben ziemlich heftig gekämpft. Es hat nicht so ausgesehen, als habe dein Vater sich zurückgehalten."

Sean wandte den Blick ab. „Könnte an allem Möglichen gelegen haben."

Elizabeth erkannte es, wenn ihr jemand auswich. Anscheinend waren Informationen über Halsbänder nichts, was gern mit anderen geteilt wurde.

„Komm", sagte Sean und tat so, als hätte er all ihre Fragen zu ihrer Zufriedenheit beantwortet. „Ronan hat Marquez entdeckt."

Sean drängte sich durch die Menge, die auf den nächsten Kampf wartete, und Elizabeth folgte ihm auf dem Fuß. Hinter ihr jubelten Frauen den nächsten beiden Kämpfern zu, die in den Ring traten. Sie hörte auch Frauen, an denen sie vorbeikamen, wegen Spike ausflippen. Sie riefen seinen Namen oder „Da-ist-er-o-mein-Gott-er-ist-es!"

Julio Marquez stand an einer relativ leeren Stelle, drei Männer neben und hinter ihm, alles Menschen. Es waren keine Waffen zu sehen – am Eingang positionierte Shifter überprüften alle Besucher diesbezüglich. Man durfte die Scheune nur unbewaffnet betreten. Es gab auch keine Anzeichen von Zach, obwohl jeder Tracker, der in Liams Diensten stand, nach ihm suchte oder wenigstens nach ihm Ausschau hielt.

„Du bist gekommen", sagte Julio, als Elizabeth Ronan eingeholt hatte. „Guter Anfang. Die *chica* hättest du aber besser zu Hause gelassen."

Ronan ignorierte die Bemerkung. „Wo ist also dein Champion?"

„Du wirst ihn sehen, wenn du gegen ihn antrittst. In einer halben Stunde in Ring zwei." Er lachte. „Vielleicht ist es ganz gut, dass du deine Schlampe mitgebracht hast. Dann ist sie zur Stelle, wenn du den Abgang machst."

Ronan drehte sich weg. Seine Körpersprache brachte seine Verachtung für Julio deutlich zum Ausdruck.

„Er hat etwas vor", sagte Elizabeth zu ihm. „Ich meine, mehr als nur den Versuch, dich umzubringen und mich Zach auszuliefern."

„Natürlich hat er etwas vor", sagte Ronan. „Er ist ein Dieb und ein Lügner. Die Frage ist nur noch, was und wann." Er legte Elizabeth einen Arm um die Hüfte. „In einer halben Stunde, hm? Vielleicht hat er recht. Vielleicht sollte ich dich in eine Ecke ziehen und ein bisschen mit dir knutschen, nur für den Fall. Sean und Spike sollen für uns Wache schieben."

***

Pablo Marquez war mitten in einer Transaktion, die ihm helfen konnte, den Handel im südlichen Texas zu übernehmen. Er würde Austin und sein plötzliches Shifterproblem hinter sich lassen und sich in eine hübsche Villa am See zurückziehen können. Keine Autowerkstätten mehr in zwielichtigen Gegenden, keine zu neugierigen Nachbarn in der Vorstadt. Einsamkeit, ein Pool und so viel guter Wein, wie er trinken konnte. Er lernte das Zeug zunehmend zu schätzen.

Der dürre weiße Mann, der vor ihm stand, war einer der besten Schmuggler, die es gab. Aber auch wenn der Kerl wusste, wie man das Zeug ins Land bekam, brauchte er jemanden, der es für ihn in Umlauf brachte. Einige seiner Kontakte aus dem texanischen Hügelland waren weggezogen. Da die Kriminalität südlich der Landesgrenze stieg und die Nordseite von enthusiastischen Kontrolleuren bewacht wurde, war es riskant und teuer, irgendetwas von Mexiko in die USA zu bringen oder umgekehrt. Aber Pablo hatte Quellen und Verbindungen, dieser Mann hatte die nötige Erfahrung, und zusammen würden sie sehr viel Geld verdienen. Pablo würde diesen Deal landen.

Das jedenfalls hatte er gedacht, bis das Handy seines Stellvertreters leise klingelte und der Mann sich in eine Ecke zurückzog, um das Gespräch entgegenzunehmen. Kurz darauf kehrte er zurück und flüsterte Pablo etwas ins Ohr.

Pablo hielt inne. *Julio. Du verdammter ...*

„Gibt es ein Problem?", fragte der Schmuggler. Er hatte eine dünne Stimme, aber doch mit einer stillen Stärke dahinter.

„Nein", versicherte Pablo in beruhigendem Tonfall. „Zumindest nicht für Sie." Er warf ihm einen Blick von der Seite zu. „Eine Familienangelegenheit."

„Ah, verstehe." Die hellblauen Augen des Mannes blieben vollkommen ausdruckslos. „Warum kümmern Sie sich nicht erst darum? Ich komme später wieder."

Was bedeutete, Pablo würde ihn nie wiedersehen. Das kleinste Anzeichen für eine Instabilität in Pablos Unternehmen würde dem Mann nicht gefallen, weil es dazu führen konnte, dass er am Ende ohne

Bezahlung dastand. Selbst ein unfolgsamer Bruder konnte eine heikle Lieferung gefährden. *Scheiße.*

Aber Pablo konnte ihn nicht wie ein kleines Mädchen bitten, dazublieben. Er nickte und gab vor, alles wäre in Ordnung. „Sicher. Sie haben ja meine Nummer. Melden Sie sich einfach."

Der Mann nickte ebenfalls. Er streckte die Hand aus, und Pablo, dessen Handgelenk noch immer bandagiert war, schüttelte sie.

Der Schmuggler ging, umringt von seinen Schlägern, und Pablo wusste, dass er ihn gerade zum letzten Mal gesehen hatte. Er wandte sich an seinen Stellvertreter. „Verdammter kleiner Scheißer. Wo hat er ihn hingebracht? Wo sind sie?"

***

Eine halbe Stunde später zog sich Ronan neben dem mittleren Ring aus, aber von seinem Gegner war noch nichts zu sehen. Elizabeth hielt seine Kleider und verbarg ihre Nervosität. Darin war sie gut, wenn es sein musste. Ihr Mut erfüllte ihn mit Stolz. Seine Lippen waren noch etwas wund, nachdem er sie draußen geküsst hatte, aber es machte ihm nichts aus. Er hoffte sogar, dass sie später noch wunder werden würden.

Als die Menge sich teilte und einen großen, männlichen Shifter durchließ, der von Julios Leibwächtern umgeben war, fluchte Spike hinter Ronan. „Oh, Scheiße."

„Was?", fragte Elizabeth. „Was stimmt nicht mit ihm?"

So vieles. Erstens trug der Shifter kein Halsband. Zweitens waren die Leibwächter nicht zu seinem

Schutz da, sondern hielten ihn unter Kontrolle, damit er nicht mit jedem, den er aus blutunterlaufenen Augen ansah, einen Kampf begann. Und drittens stank der Mann bestialisch.

„Er ist ein Paria", sagte Ronan.

„Paria?", Elizabeth riss die Augen auf. „Was meinst du mit Paria?"

Spike antwortete: „Es bedeutet, das Tier in ihm ist kurz davor, die Kontrolle zu übernehmen." Er verzog das Gesicht. „Als Erstes sollte er mal baden."

„Das Tier in ihm?", fragte Elizabeth. „Weil er kein Halsband trägt?"

„Jeder kann ein Paria werden, mit oder ohne Halsband", erklärte Ronan. „Aber mit Halsband passiert es seltener, weil es einen mit den Schocks zur Vernunft bringt."

„Wir haben jahrhundertelang ohne Halsbänder gelebt", sagte Sean grimmig. „Und wir haben sie nie gebraucht, um uns zu zähmen. Aber es scheint, als seien heutzutage die meisten Shifter, die sich weigern, Halsbänder zu tragen, Parias oder auf dem besten Weg dahin."

„Großartig", sagte Elizabeth. „Dann ist er also nicht nur ein Paria, sondern auch noch sauer, weil andere Shifter zustimmen, Halsbänder zu tragen?"

„Sie hat's erfasst", sagte Spike.

„Ronan, du kannst nicht gegen ihn kämpfen", stellte Elizabeth fest. „Ohne Halsband hat er alle Vorteile auf seiner Seite."

„Zu spät", sagte Ronan. Er berührte ihr Gesicht und gab ihr einen letzten, festen Kuss. „Ich habe schon mal gegen Parias gekämpft, Lizzie, ich schaffe das. Das ist mein Job."

Mit funkelnden Augen sah Elizabeth zu ihm auf, aber sie schwieg und nickte. Ihr Gesichtsausdruck verriet ihm allerdings, dass sie ihm lieber etwas über den Kopf ziehen und ihn zurück nach Hause schleifen würde. Und genau das hätte sie auch getan, wäre sie dazu in der Lage gewesen.

Im Kampfclub gab es nur wenige Regeln, hatte Spike gesagt. Die Shifter konnten in jeder ihrer Formen kämpfen und sich während des Kampfs hin und her wandeln, wie sie Lust hatten. Die einzigen festen Regeln waren: Keine Waffen – ganz gleich welcher Art, man durfte überhaupt nichts in der Hand halten. Die Kämpfer mussten im Ring bleiben. Und sie mussten ohne Unterbrechung so lange kämpfen, bis die Ringrichter den Kampf beendeten, weil ein Kämpfer so schwer verletzt war, dass es lebensbedrohlich für ihn wäre, weiterzukämpfen. Gewonnen hatte derjenige, der nicht halbtot war.

Vier der fünf Shifter, die nun in den Ring traten, kannte Ronan nicht, aber er besuchte selten die anderen Shiftertowns in der Gegend. Er hätte darauf gewettet, dass diese Ringrichter von Julio angewiesen worden waren, den Kampf bis zum bitteren Ende weiterlaufen zu lassen.

Julios Leibwächter ließen sich zurückfallen, und der Paria trat in den Ring. Er erhob sich zu seiner ganzen menschlichen Größe und richtete die roten Augen auf Ronan, dann wandelte er seine Gestalt.

Der Paria verwandelte sich zügig, fast ohne Anstrengung, und landete als großer Alaska-Grauwolf auf allen Vieren.

Das Vieh war riesig. Schon in seiner Heimat in Alaska war Ronan auf Wolf-Shifter getroffen, aber er und die Wölfe hatten sich gegenseitig eine respektvolle Distanz gewährt. Dieser Wolf hier hatte seinen Respekt vor allem und jedem anderen bereits vor langer Zeit verloren.

Spike gab ihm Ratschläge mit auf den Weg. „Das schaffst du, Ronan. Versuch nicht zu früh, ihn zu Fall zu bringen – er hat zu Beginn den Vorteil, schneller zu sein, aber du hast mehr Durchhaltevermögen. Er wird viel schneller ermüden als du. Dann hast du ihn."

Ronan nickte, aber er hatte seine eigenen Pläne. Er trat in den Ring, blieb in seiner menschlichen Gestalt und nickte den Ringrichtern zu, dass er bereit sei.

„Was machst du da?", fragte Elizabeth hinter ihm. „Warum verwandelst du dich nicht?"

„Sobald er im Ring ist, darfst du nicht mehr mit ihm sprechen", erklärte Spike. Um sie herum war es plötzlich vergleichsweise leise. „Aber du kannst ihn anfeuern, so laut du willst."

Die Stille hielt noch ein paar Sekunden lang an, dann erklang Elizabeth' Ruf laut und deutlich. „Tritt ihm in den Arsch, Ronan!"

Du Menge brach in Gebrüll aus. Die Hälfte der Wandler und Groupies um sie herum unterstützten den Paria oder wetteten zumindest auf ihn, aber viele feuerten auch Ronan an. Er war beliebt in Austins Shiftertown.

Elizabeth' Stimme gab Ronan Kraft. Sie war die Gefährtin seines Herzens, und sobald er mit diesem stinkenden Paria fertig war und den Rest ihrer Probleme gelöst hatte, würde er dafür sorgen, dass sie das einsah. In der Zwischenzeit stand er in seiner menschlichen Gestalt da und wartete ab, was der Paria-Wolf tun würde.

Der Wolf umrundete ihn knurrend und mit aufgestellten Nackenhaaren. Ronan drehte sich mit und behielt ihn im Blickfeld.

Sein Gegner würde versuchen, ihn dazu zu verleiten, zuerst anzugreifen. Aber Ronans Halsband würde nicht so schnell auslösen, wenn er in der Defensive blieb. Mit etwas Glück konnte er den Wolf zu Boden bringen, bevor das Halsband mehr als ein paar Funken abgegeben hatte.

Das wird nicht passieren, sagte ihm eine innere Stimme. Dies hier würde hart werden, ein brutaler Kampf, und Julio hatte gewusst, dass es dazu kommen würde.

Er registrierte, wie Sean hinter ihm mit der Menge verschmolz. Er und die übrigen Tracker waren mitgekommen, um ein Auge auf Julio zu haben und Casey zu finden, der hier irgendwo sein musste. Dass Dylan anwesend war, war kein Zufall. Sean war nicht überrascht gewesen, ihn hier zu sehen, sondern nur darüber, dass er selbst an den Kämpfen teilnahm.

Ronan hatte das hier dazu nutzen wollen, Julio abzulenken, aber Julio benutzte den Kampf auch, um Ronan abzulenken. Er musste sich darauf verlassen, dass seine Freunde die Umgebung im Blick behielten, während er sich um seine aktuelle Aufgabe kümmerte.

Den Paria zu töten.

Während dieser sich darauf vorbereitete, Ronan zu töten.

Bis zum Tod? So sei es.

Plötzlich stürzte sich der Wolf direkt auf Ronan, der seine starken Arme ausbreitete und ihn empfing.

Der Wolf landete auf Ronans Brust, seine Krallen gruben sich in menschliche Haut. Ronan ertrug es für die wenigen Sekunden, die er brauchte, um sich zu verwandeln.

Nun fand sich der Wolf im Griff eines zwei Tonnen schweren Kodiakbären wieder.

Die Menge spielte verrückt. Ronan hatte Elizabeth erzählt, dass es ihn nervös gemacht hätte, von so vielen Shiftern beobachtet zu werden, als er damals nach Austin gekommen war. Jetzt musste er an die hundert Shifter ignorieren, die um ihn herumstanden und Blut sehen wollten. Er zwang sich, sie auszublenden und sich auf den Wolf zu konzentrieren.

Ronans Stärke war, nun ja ... seine Stärke, und er nutzte sie, um seinen Gegner zwischen seinen großen Pranken zu erdrücken. Der Wolf wand sich und riss sich schneller aus seinem Griff los, als Ronan es für möglich gehalten hätte. Er landete auf den Füßen, riss das Maul auf und sprang Ronan an die Kehle.

Der Bär brüllte, streckte die Tatzen aus, um den Sprung aufzuhalten, aber der Wolf bewegte sich wie Rauch, kam auf Ronan zu und schlug ihm die Zähne in den Hals. Ronan schüttelte sich wie ein Hund, aber sein Widersacher hielt sich fest. Sein Körper wurde hin und her geschleudert.

Die Menge schrie, und Elizabeth rief seinen Namen. Der Klang ihrer Stimme rüttelte ihn wach.

Er packte den Wolf und schleuderte ihn von sich. Dabei spürte er, wie sein Gegner ihm Fell und Fleisch herausriss.

Der Wolf landete auf allen Vieren. Ronan erhob sich auf die Hinterbeine und brüllte. Das Fell seiner

Halskrause stellte sich auf – er war ein Kodiakbär in seiner furchterregendsten Erscheinung.

Er ließ sich nach vorn fallen und griff an. Sein Halsband sprühte Funken, doch in seiner Wut spürte er es nicht. Er stürzte auf den Wolf zu, der plötzlich nicht mehr da war, wo er noch vor einer Sekunde gewesen war.

Der Bastard war verdammt schnell. Ronan wirbelte herum. Der Wolf wartete, aber anscheinend dachte er, Ronans Masse würde ihn stärker beeinträchtigen, als es der Fall war. Ronans Schlag traf ihn, noch während er zur Seite tänzelte, seitlich am Kopf.

Die Zuschauer jubelten. Der Lärm wurde immer lauter, bis Ronan nur noch das und das Knistern seines Halsbands hören konnte. Wieder rannte er auf den Wolf zu, der eine Finte machte und nach ihm schnappte. Ronans Tier übernahm die Kontrolle, die Lust zu töten besiegte alle Vernunft, aber der Mensch in ihm fühlte noch immer das Halsband.

Das wird verdammt wehtun, war Ronans letzter zusammenhängender Gedanke, bevor er angriff.

Kapitel Fünfzehn

Pablo Marquez hörte den Kampflärm schon, lange bevor er die Scheune auf dem Hügel erreichte. Es war das ekstatische Geschrei einer Menge im Blutrausch.

Er und seine vier Leibwächter hatten am Ende einer langen Reihe Autos auf dem Feldweg geparkt und mussten zu Fuß zum Tor der großen Scheune gehen. Eine riesige Menge aus Menschen und Shiftern drängte sich um die Arena. Im Moment gab es keine anderen Kämpfe.

Ein großer Shifter vertrat ihnen den Weg. Pablo erkannte ihn als einen der Wandler, die zu seiner Werkstatt gekommen waren. Es war der Schwarzhaarige, der Nate hieß. „Keine Waffen", sagte er. „Ihr müsst alles im Auto lassen."

Es waren die Regeln des Kampfclubs. Aber eine Stelle zwischen Pablos Schulterblättern juckte, ein Zeichen, das er aus Erfahrung lieber nicht ignorierte. Seine Instinkte hatten ihm bereits mehr als einmal den Hintern gerettet. Im Moment rieten sie ihm, die

Waffe bei sich zu behalten. „Wir gehen nicht rein", sagte er zu Nate. „Sag mir nur, wer da kämpft."

„Ein Bär namens Ronan und ein Paria-Wolf. Seinen Namen kenne ich nicht."

Mutter Gottes. Was *machte* Julio da nur? „Haltet den Kampf an. Der Wolf gehört mir."

Nate runzelte die Stirn. „Shifter kämpfen aus freiem Willen, nicht für jemand andern."

„Nun, dieser Shifter ist verrückt und weiß nicht, was er tut. Mein Bruder hat ihn hergebracht, aber dazu hat er kein Recht. Der Wandler gehört mir."

Nate bewegte sich nicht, aber Pablo konnte den Ärger des Mannes wie eine kalte Mauer spüren. „Niemand kann einen Shifter besitzen."

„Mein Bruder glaubt, dass er das tut. Stoppt den verdammten Kampf."

„Es ist gegen die Regeln."

„*Cristo*." Fast hätte Pablo noch mehr gesagt, aber dann bemerkte er Schatten unter den Bäumen links neben der Scheune. Er signalisierte seinen Leibwächtern, ihm zu folgen, und stellte nebenbei fest, dass der Shifter zurück in die Scheune verschwunden war, außer Sichtweite.

„Julio", sagte Pablo, als er auf seinen jüngeren Bruder zutrat. „Was verdammt noch mal glaubst du eigentlich, was du hier tust?"

Sein Bruder löste sich aus einer ziemlich großen Gruppe von Männern, einige davon Latinos, andere weiß. „Ah, gut", sagte Julio. „Ich hatte gehofft, dass du kommst."

„*Idiota*. Du hast mich den größten Deal gekostet, den ich je in dieser Stadt hätte machen können. Und wozu? Um meinen Shifter vorzuführen und an diesem Mädchen Rache zu nehmen? Lass es sein.

Wenn ich die Kaution für dich verliere, weil du etwas Dummes tust, werde ich dich verprügeln, bis du nicht mehr stehen kannst."

„Du hast Angst vor *Shiftern*, Mann", erklärte Julio voller Verachtung. „Du hast vor ihnen klein beigegeben. Du hast ihnen ihren Willen gelassen."

„Ich habe nicht klein beigegeben, weil ich Angst hatte, du blöder Idiot. Ich habe gelernt, Risiko gegen Profit abzuwägen. Die Risiken sind in diesem Fall zu groß, und von einer Auseinandersetzung mit den Shiftern erwarte ich keinen Profit."

„Wie auch immer, Mann. Das ist genau so, als würdest du vor ihnen kuschen. Ich glaube, du bist nicht stark genug für dieses Geschäft. Daher werde ich es übernehmen."

„Sei nicht so ein Dummkopf." Pablo warf einen Blick zu dem Weißen, der eine große, glänzende Pistole in einem Holster unter seiner Jacke trug. „Wer zum Teufel ist das?"

Julio wollte gerade antworten, aber der Mann kam ihm zuvor. „Ich heiße Casey. Zach Casey. Mir ist wirklich egal, wer von euch diesen Familienzwist gewinnt, aber Julio sagt, wenn er gewinnt, kann ich meine Freundin zurückhaben. Danke, dass ihr sie gefunden habt."

Pablo musterte ihn ungeduldig von oben bis unten. Noch so einer, der nicht wusste, wann es genug war. Elizabeth Chapman oder Rachel Sullivan – wie auch immer man sie nannte – hatte diesen Scheißkerl vor sechs Jahren verlassen. Da hätte er doch längst drüber weg sein müssen.

Julio hatte die Hand an sein Holster gelegt. „Du bist der Dummkopf gewesen", sagte er zu Pablo. „Alles, was ich tun musste, war, jemanden aus Zachs

Crew bei dir anrufen und dir ausrichten zu lassen, dass ich deinen Paria bei den Kämpfen antreten lasse, und du kommst im Eiltempo vorbei, um mich aufzuhalten. Also lass uns reden."

„Ja, lass uns das tun", antwortete Pablo. „Irgendwo, wo wir etwas mehr Privatsphäre haben."

„Von mir aus." Julio nickte einem aus seiner Crew zu. „Nimm seine Waffe."

Der Kerl trat vor. Pablo bewegte sich nicht, das musste er auch nicht. Seine eigenen Männer traten vor ihn, auf einen Schusswechsel vorbereitet.

Julio sah nicht so besorgt aus, wie er hätte sein sollen. „Wenn ihr für mich kämpft", bot er Pablos Männern an, „lasse ich euch zu den gleichen Konditionen für mich arbeiten, wie ihr sie bei Pablo bekommen habt. Wenn nicht, werde ich euch zusammen mit ihm erschießen. Ihr seid in der Unterzahl. Wollt ihr heute sterben?"

Pablo wusste sehr wohl, dass die meisten in seiner Crew des Geldes wegen für ihn arbeiteten. Es gab ein gewisses Maß an Freundschaft, sicher, aber im Endeffekt arbeiteten sie für Pablo, weil er sie gut bezahlte. Was ihn überraschte, waren nicht die zwei Männer, die sich sofort Julio und Zach anschlossen, sondern die beiden, die zu ihm hielten.

Julio zog die Waffe. „Nun, schön. Lass uns zu den Bäumen dort drüben gehen."

„Warte." Pablo hob die Hände. „Ihr zwei, verschwindet von hier", sagte er zu den beiden Männern, die bei ihm geblieben waren. „Es gibt keinen Grund, weshalb ihr mit mir sterben solltet."

Sie zögerten und schätzten die Situation ab. „Geht schon", wiederholte Pablo.

Die Männer in seiner Crew waren letzten Endes praktisch veranlagt. Sie nickten Pablo entschuldigend zu und gingen zu den Autos.

„Die sammle ich später ein." Julio gestikulierte erneut mit der Waffe. „Ich kann nicht glauben, dass du dich mir auslieferst."

Pablo ging in Gedanken verschiedene Fluchtszenarien durch, während er sich von einem der Männer die Waffe abnehmen ließ und in die Richtung ging, in die Julio gedeutet hatte. „Du bist mein Bruder. Ich hoffe, meine Worte können dich zur Vernunft bringen."

„Nur wenn du schnell reden kannst, während du mit einer Kugel im Schädel auf dem Boden kniest."

Ach, Julio, ich kann dir jetzt schon sagen, dass du jedes dieser Worte bereuen wirst.

Sie traten unter die dichten Bäume, die im texanischen Hügelland so gut gediehen. Die Äste verdeckten die Sterne, den Mond und die Lichter der großen Scheune. Die Dunkelheit bot ausgezeichnete Deckung, und niemand war schlau genug gewesen, eine Taschenlampe mitzubringen.

Pablo fühlte, wie etwas an ihm vorbeistrich, ein Atemhauch und die Wärme von Fell. Wieder juckte die Haut zwischen seinen Schulterblättern, sein Instinkt befahl ihm, sich fallen zu lassen, um nicht zwischen die Fronten zu geraten.

Er ging noch ein paar Schritte, warf sich flach auf den Boden und rollte sich durch den Schlamm ab. Er blieb auf dem Rücken liegen und sah, wie etwas über ihn hinwegsprang. Eine Wildkatze raste durch die Dunkelheit. Der Schläger, auf dem die Wildkatze landete, schrie. Seine Waffe ging los, Kugeln flogen. Jemand ächzte, getroffen.

Pablo hörte Julio fluchen und Männer rufen. Weitere dunkle Gestalten erschienen zwischen den Bäumen. Funken zündeten in der Dunkelheit. Halsbänder. Shifter.

Der Kampf war schnell und heftig. Bis Pablo auf die Füße gekommen war, lagen Julios und Zachs Männer am Boden, viele von ihnen bewusstlos. Julio schrie, zappelte im Griff des großen Wandlers, der so viel von Körperkunst hielt. Jetzt da der Typ nackt war, konnte Pablo sehen, dass er über und über tätowiert war.

Julio versuchte, sich umzudrehen und auf Spike zu schießen, aber der Shifter, der Dylan hieß, tauchte aus den Schatten auf, nahm Julio die Waffe aus der Hand und zerdrückte sie zu einem Häufchen Metallschrott.

Pablo klopfte sich die Kleider ab. Sein Anzug war voller Schlamm, da kam eine beträchtliche Reinigungsrechnung auf ihn zu. „Was, verdammt noch mal, war das?"

In der Dunkelheit blitzten Spikes Zähne auf. „Nate meinte, Sie könnten eine helfende Hand gebrauchen", sagte er in perfektem Spanisch. „Oder zwei oder zehn."

„Danke", sagte Pablo knapp, denn er wusste, dass Shifterhilfe nicht billig war. Er stand jetzt tief in ihrer Schuld. Sie hatten recht gehabt, das hier war ihr Territorium. Dass die Menschen das nicht wussten, änderte nichts daran.

„Haben Sie den Kampf abgebrochen?", fragte Pablo an Dylan gewandt.

Spike antwortete – wieder auf Englisch. „Er kann nicht gestoppt werden. Das sind die Regeln."

„Seien Sie kein Idiot", sagte Pablo. „Der Paria ist verrückt. Er hat noch nie verloren, und man wird ihn mit dem Brecheisen von der Leiche des anderen Shifters lösen müssen. Er hat einen starken Tötungsinstinkt."

Dylan ließ die Einzelteile von Julios Waffe ins Gras fallen. „Sean kümmert sich darum." Er verschwand so geräuschlos, dass Pablo ihn schon nach zwei Schritten aus den Augen verlor.

„Pablo." Julios Mut war verschwunden. Es klang, als würde er weinen. „Mann, es tut mir leid. Ich habe nicht gewusst, was ich tue …"

„Spar dir das", sagte Pablo. „Du hast mir leidgetan, als Mamita gestorben ist, aber ich fürchte, ich habe dich zu sehr verwöhnt. Wir haben eine Menge zu bereden." Während er sprach, sah er sich um. „Wo ist Casey?"

Nicht da. Pablo betrachtete die Gefallenen, aber Zach Casey war nicht darunter. „Er ist hinter der Frau her", sagte Pablo verächtlich. „Dumme Zeitverschwendung."

„Er will sie töten", sagte Julio. „Er hat mir gesagt, er würde mir helfen, wenn ich ihn zu dem Mädchen bringe. Er wird es ihr besorgen und sie dann umbringen."

Dios, würde diese Nacht denn niemals enden?

Endlich stellte Spike Julio auf die Füße. „Na ja", er grinste breit und zeigte dabei all seine Zähne, „dann gehen wir lieber mal runter und halten ihn auf."

***

Der Kampf war blutig geworden. Elizabeth sah zu. Angst schnürte ihr die Kehle zu, während sich

Ronan und der Wolf ineinander verbissen. Blut bedeckte das Fell des Wolfs und lag schwarz auf Ronans Pelz. Das Halsband des Bären knisterte und sprühte Funken, aber er hörte nicht auf zu kämpfen.

Letzten Endes jedoch würde der Schmerz über das Adrenalin siegen, und Ronan würde zusammenbrechen. Und dann würde ihn der Wolf, der nicht von einem Halsband gebremst wurde, töten.

Elizabeth hatte bemerkt, dass Spike, Dylan und Sean den Ring verlassen hatten und in der Menge verschwunden waren. Aber sie konnte sich keine Gedanken darüber machen, wohin sie gegangen waren, weil sie sich ganz auf Ronan konzentrierte und auf den Kampf, der ihn ihr wegnehmen konnte.

Nein, nein, nein, schrie eine Stimme in ihr. *Ich kann ihn nicht verlieren. Ihn ... nicht ... verlieren.*

Sie musste diesen Kampf beenden. Aber wie sollte sie das anstellen? Die vier großen Wandler, die Julio als Ringrichter eingeschleust hatte, umzingelten die Arena, wobei der fünfte sie aufmerksam beobachtete. Elizabeth war nicht so dumm, zu glauben, dass sie einfach zwischen diese beiden wütenden Shifter springen und sie voneinander trennen könnte. Oder dass sie nur die Hände zu heben bräuchte, damit sie voneinander abließen. Ja, genau, dann würden sie sofort aufhören.

Die Ringrichter würden sie packen und hinauswerfen, bevor sie auch nur jemanden zu fassen bekäme. Die vier Shifter würden nicht zulassen, dass sich jemand in diesen Kampf einmischte.

Ronan hatte den Wolf unter sich. Bereit, ihn k. o. zu schlagen, holte er mit der Pranke aus, aber der

Wolf war plötzlich nicht mehr da. Der Schlag ging ins Leere, und der inzwischen erschöpfte Ronan stürzte zu Boden.

Der Wolf sprang auf ihn, das Maul offen, die Krallen angriffsbereit. Ronan rollte sich auf den Rücken und schloss seinen Gegner in eine tödliche Umklammerung. Aber der andere war zu stark. Er schlug die Krallen in Ronans Bauch, und der Bär blutete aus einem Dutzend Wunden gleichzeitig.

Ronan brüllte seinen Schmerz hinaus, sein Halsband glühte weiß. Der Wolf umfasste Ronans Kehle mit dem Maul und biss zu. Blut spritzte, und Elizabeth schrie.

Sie rannte in Richtung der Kämpfenden, die Regeln konnten sie mal. Und die Ringrichter auch. Gleichzeitig sprang der eine Kampfrichter, der nicht mit Julio gekommen war, in die Arena und versuchte, den Kampf abzubrechen. Die anderen vier ergriffen ihn und drängten ihn ab.

„Was macht ihr da?", schrie der erste Ringrichter sie an. „Wir müssen den Kampf beenden. Der Bär ist erledigt."

„Der Bär fährt zur Hölle", knurrte einer der anderen Ringrichter. „Der Kampf ist vorbei, wenn er tot ist."

„Aber das ist gegen die ..."

Die vier Ringrichter schlossen zu ihm auf und hielten den fünften Mann vom Ring fern. Vor Wut kochend, drehte dieser sich um und preschte davon in die Menge. Vielleicht ging er Hilfe holen, aber würde sie rechtzeitig eintreffen?

Elizabeth sprang auf einen der Betonblöcke. Die Dinger waren einfach auf den Boden gelegt worden, nicht verankert, und sie wackelten.

„Ronan!", schrie sie und breitete die Arme aus, um besser die Balance halten zu können. „Ronan, halt durch!"

Ronan gab nicht auf. Er kämpfte weiter, aber er wurde zunehmend schwächer, während sich der Wolf fest in seine Kehle verbissen hatte. Wenn der Wolf ihm die Schlagader aufreißen konnte, würde Ronan sterben.

Das musste sie verhindern.

„Ronan!", schrie Elizabeth. Sie legte die Hände trichterförmig an den Mund. „Ich nehme dein Gefährtenversprechen an."

Sie war sich nicht sicher, was sie erwartet hatte – dass er plötzlich aufspringen, den Wolf zu Boden werfen, sich verwandeln und sie in die Arme nehmen würde? Sie konnte sich noch nicht einmal sicher sein, ob er sie gehört hatte. Er war sowieso zu sehr mit dem Kampf beschäftigt, um reagieren zu können.

Aber sie musste es ihm für alle Fälle sagen. Ronan war einer von den Guten.

„Ronan!", schrie sie. *„Ich liebe dich!"*
Liebe dich ...

Elizabeth legte sich die Hände auf den Kopf, während sie dem Mann beim Sterben zusah, von dem sie erst jetzt begriffen hatte, dass sie ihn liebte.

***

Ronan fühlte das Kribbeln über den lähmenden Schmerz seines Halsbands und das wahnsinnigen Schnappen des Wolfs hinweg. Er hörte Elizabeth' Stimme, konnte aber durch den Nebel in seinem Kopf die Worte nicht verstehen.

Doch er spürte die Magie. Sie wand sich um sein Herz und floss in seine Gliedmaßen wie berauschender Wein.

Der Gefährtenbund.

Das Gefühl des Einsseins mit einer wahren Gefährtin, von dem Ronan gedacht hatte, er würde es niemals erleben – er hatte bereits geglaubt, es wäre sein Schicksal, es niemals zu erleben –, wob sich durch seinen Körper und vervollständigte ihn. Das Klicken, das er gefühlt hatte, als er das Gefährtenversprechen geleistet hatte, wurde nun zu Musik.

„Ronan!", hörte er Elizabeth rufen. *„Ich liebe dich!"*

Auf keinen Fall würde er sterben, während der Gefährtenbund ihn derart erfüllte und Elizabeth in einer Scheune voller Shifter ihre Liebe herausschrie.

Sie hatte den Gefährtenantrag vor Zeugen akzeptiert und Ronan das größte Geschenk seines Lebens gemacht. Noch nie hatte er von jemandem die Worte „Ich liebe dich" gehört. Sympathie, Respekt, Freundschaft – selbst Zuneigung. Aber niemals Liebe.

Elizabeth war die Erste. Und er erwiderte ihre Liebe mit einer Intensität, die jeden Schmerz durchdrang.

Scheiß drauf.

Ronan sammelte seine letzten Reserven, wob den Gefährtenbund darum und brüllte mit plötzlicher Kraft, während er sich zu der vollen Größe seines Kodiakbären erhob. Er riss den Wolf von seiner blutenden Kehle, hob das wahnsinnige Tier mit beiden Pranken hoch und schleuderte ihn mit aller Kraft von sich.

Der Wolf überschlug sich mehrfach und landete jaulend in der Menge wild gewordener Wandler. Dann fuhr Ronan herum, und seine Pranken trafen die Ringrichter, die herbeigesprungen waren, um ihn aufzuhalten. Die Menge wich zurück, einige jubelten, andere, die auf den Wolf gewettet hatten, buhten und schrien.

Der fünfte Ringrichter, unterstützt von Dylan und Ellison, stieg auf einen Betonblock auf der anderen Seite des Rings. „Der Kampf geht an den Bären!", schrie der Ringrichter. „Ronan aus der Shiftertown von Austin ... ist der Sieger!"

Schreie und Jubel von den Austin-Shiftern. In ihren hochhackigen Schuhen vollführte Elizabeth einen kleinen Siegestanz auf den Betonblöcken.

Ronan erschauerte, als er auf allen Vieren landete, die Funken aus seinem Halsband wurden weniger, aber es schmerzte noch immer. Der Gefährtenbund jedoch – der Gefährtenbund löschte den Schmerz aus.

Doch bevor Ronan Elizabeth erreichen konnte, bevor er seine Gestalt wandeln und sie in seine Arme schließen konnte, packte ein menschlicher Mann sie um die Taille, hob sie von den Füßen und zog sie fort.

Kapitel Sechzehn

Ronan stürmte aus dem Ring und hinter ihnen her. Elizabeth trat und schlug um sich, doch der Mann hielt sie mit geübtem Griff fest. Er hatte offenbar eine Pistole im Holster – irgendwie musste er an der Waffenkontrolle an der Tür vorbeigekommen sein.

Wo zur Hölle war Sean? Er konnte ihn nirgends entdecken, doch Dylan und Ellison rannten ebenfalls in Richtung Elizabeth. Zu spät. Dem Mann gelang es, mit ihr aus der Scheune zu entkommen, auch wenn sie sich noch immer gegen ihn wehrte.

Ronan kam an dem bewusstlosen Paria-Wolf vorbei, der von einem Ring aus Shiftern umgeben war. Feuerschein von einem der Fässer flackerte unheimlich über die Szene. Neben dem Wolf kniete Sean, der ein glänzendes neues Halsband in der Hand hielt.

Ronan stürmte hinaus in die Nacht. Alles tat ihm weh, Göttin, ihm tat alles so weh, aber er würde nicht zulassen, dass dieser Bastard Elizabeth verschleppte.

Ganz plötzlich hatte er die beiden in der Dunkelheit eingeholt. Elizabeth war gerade dabei, sich aus dem Griff des Mannes zu befreien.

„Zach", hörte Ronan sie sagen, und dann wirbelte Zachs Körper durch die Luft, als Ronans Pranke ihn traf.

„Ronan, bring ihn nicht um", rief Elizabeth besorgt.

Warum zur Hölle nicht?

Der menschliche Teil seines Gehirn, eine Stimme weit im Hintergrund, erinnerte ihn daran, dass Shifter hingerichtet werden konnten, wenn sie Menschen verletzten. Der Shifter in ihm sah nur jemanden, der seine Gefährtin bedrohte, und da kannte er keine Gnade.

Zach nutzte den Sekundenbruchteil, den Ronan für diesen Gedanken brauchte, um mit blutverschmiertem Gesicht auf die Füße zu kommen. Er griff nach seiner Waffe, fand sein Holster unerklärlicherweise leer vor und rannte los. Brüllend stürmte Ronan hinter ihm her. Hinter sich hörte er die anderen, Elizabeth' angsterfüllte Stimme, Spike und Ellison, die ihn aufhalten wollten. Doch er roch nur noch seine Beute, den Mann, der es gewagt hatte, sich an Elizabeth zu vergreifen, der ihr Leben in einen jahrelangen Albtraum verwandelt hatte. Dieser Mann würde heute Nacht sterben, weil er Elizabeth berührt hatte – *seine Gefährtin* –, weil er es gewagt hatte, auch nur in ihre Nähe zu kommen.

Auf einer kleinen Lichtung zwischen den Bäumen holte er Zach ein. Anscheinend hatte der Mann keine Ersatzwaffe, denn er griff nach einem heruntergefallenen Ast und versuchte, ihn als Knüppel zu benutzen, als Ronan ihn angriff.

Ronan richtete sich auf. Wut und der Gefährtenbund verliehen ihm unglaubliche Stärke. Er brüllte die Wut des Kodiakbären heraus und verwandelte sich, während er sich auf den verängstigten Mann stürzte.

Zachs Gesicht war bleich im Mondlicht, als er sich plötzlich einem blutüberströmten Riesen gegenüberfand, in dessen Augen der Wahnsinn tobte. „Wer zur Hölle bist du?", keuchte er.

„Ihr Bodyguard", sagte Ronan und hob beide Hände, um ihn niederzustrecken.

Ein lauter Knall ertönte, der beißende Gestank einer abgefeuerten Schusswaffe und der heiße Geruch von Blut lagen in der Luft. Überrascht sah Zach auf seine rechte Seite, die jetzt einen großen, roten Fleck zeigte. Er berührte die Wunde, dann verdrehte er die Augen, bis nur noch das Weiße zu sehen war. Er brach im Schlamm zusammen und blieb still liegen.

Ronan brüllte seine Wut heraus. Sein Halsband sprühte Funken, als er herumschwang und Pablo Marquez vor sich sah, der ruhig dastand, eine schwarze Neun-Millimeter-Pistole in der linken Hand. Die rechte steckte in einem Verband.

„Das war meiner", fauchte Ronan. „Ich hätte ihn töten sollen. Als ihr Gefährte."

Pablo steckte die Pistole zurück in das Holster unter seiner Jacke. „Nein, mein Freund, *ich* bin ein kaltblütiger Killer. *Sie* sind es nicht."

In seinem Blutdurst, der durch den Gefährtenbund verstärkt wurde, wollte Ronan den Mann dafür in Stücke reißen, dass er seiner Vergeltung im Weg gestanden hatte. Der Schmerz aus dem Halsband, das berauschende Gefühl von

Elizabeth' Zusage und Ronans ureigener, gesunder Verstand hielten ihn jedoch zurück. Besser half sogar noch, dass Elizabeth zu ihm gelaufen kam, die Arme um ihn warf, ganz gleich, wie blutverschmiert er war, und ihn an sich zog. Am Rande nahm er wahr, wie Pablo ihr eine große Pistole abnahm, in deren Besitz sie irgendwie gekommen war, aber er beschloss, sich um dieses kleine Detail später zu sorgen.

Sein Halsband hörte auf, Funken zu sprühen, und wurde dunkel.

„Ronan, du dummer, dummer ..." Elizabeth gingen die Worte aus, und sie klammerte sich einfach an ihn.

Ronan drückte sie fest an sich. Es machte ihm nichts aus, dass er nackt war, dass sein Feind tot zu ihren Füßen lag und andere Shifter und ein menschlicher Mann ihnen zusahen. Dies war sein Moment mit Elizabeth, der Moment, in dem der Gefährtenbund ihn mit der Gefährtin seines Herzens verband.

„Ich liebe dich, Ronan", schluchzte sie.

Ronan küsste sie aufs Haar und drückte die Nase in die roten Strähnchen, die er anbetungswürdig fand. „Ich liebe dich, Lizzie-Girl", sagte er. „Meine Gefährtin."

***

Pablo bot sich an, die Leiche zu entsorgen. Er warf Elizabeth einen amüsierten Blick zu, während er die Waffe überprüfte, die sie Zach während des Kampfs aus dem Holster gestohlen hatte.

„Erinnern Sie mich daran, Ihnen nicht zu nahe zu kommen", sagte er, während er die Waffe entlud und einem seiner Männer reichte. „Sie haben Talent. Wenn Sie jemals einen Job brauchen sollten …"

„Nein", sagte Elizabeth entschlossen und ließ sich von Ronan von der grausigen Szene wegführen. Julio Marquez war verschwunden – wer wusste, wohin –, und Elizabeth hatte keine Lust zu fragen. Sie hatte keine Zweifel daran, dass Pablo sich Zach Caseys Territorium mit Begeisterung einverleiben würde. Er gehörte nicht zu den Männern, die jemandem einen Gefallen taten, ohne selbst davon zu profitieren.

Als sie die Scheune erreicht hatten, konnte Ronan sich kaum noch auf den Beinen halten, und in dem Moment, als Ellison gefolgt von einem Shiftersanitäter aus der Menge trat, brach er zusammen.

Elizabeth konnte sehen, dass er unfassbare Schmerzen litt. Er hatte eine große Menge Blut verloren. Sein Körper trug große Wunden, wo der Wolf Krallen und Zähne in ihn geschlagen hatte. Von den Einwirkungen des Halsbands war sein Hals blau und blutunterlaufen. Er musste ins Krankenhaus, aber die Wandler hatten nicht vor, ihn in eines zu bringen.

Der Sanitäter versorgte die Verletzungen und forderte Ronan auf, sich wieder in den Bären zu wandeln, weil er in dieser Gestalt mehr Kraft für den Heilungsprozess haben würde. Ronan stöhnte, als er sich verwandelte, und drei Shifter mussten ihm helfen, auf die Ladefläche von Ellisons Pick-up zu klettern. Als er sich nach Elizabeth umsah, lag in seinem Blick so viel Schmerz, dass sie zu ihm hinten auf den Wagen stieg.

Ellison und Spike hoben eine blaue Plane über die Ladefläche und begannen, sie festzubinden.

„Hey!", rief Elizabeth. „Warum erstickt ihr uns nicht gleich?"

Ellison zog das Seil fest. „In Austin müssen alle Ladungen mit einer Plane befestigt werden, und im Moment gilt er als Ladung. Außerdem möchte ich nicht, dass die Bullen sich fragen, warum ich mit einem verletzten Kodiakbären auf dem Pick-up rumfahre."

Diesen Punkt konnte Elizabeth verstehen. Ellison und Spike positionierten die Plane so, dass Elizabeth und Ronan genug Luft bekamen. Dabei verriet ihr das Geschick der beiden, dass sie so etwas schon öfter gemacht hatten.

Die verbeulte Ladefläche des Pick-ups war warm in der Nacht. Elizabeth kuschelte sich an ihren Bären und hielt sich an ihm fest, während der Wagen den langen Feldweg entlangrumpelte. Ronan grunzte jedes Mal schmerzerfüllt auf, wenn sie auf der holprigen Straße auf ein Schlagloch trafen.

Sie hielt ihn eng umschlungen und vergrub das Gesicht in seinem Fell. Er roch nach Blut – aber auch nach Wärme und nach sich selbst. Sie hatte sich heftig in ihn verliebt, aber das war nicht so überraschend, dachte sie, während sie ihn streichelte. Ronan hatte ihr immer geholfen und nie etwas von ihr verlangt. Er verlangte nie etwas, von niemandem.

Sie weinte leise, als Ellison vor Ronans Haus vorfuhr und den Motor abstellte. Rebecca kam angerannt, während Ellison die Plane losknotete. Cherie, Mabel und Olaf folgten. Mabel zog Elizabeth in eine Umarmung, während Rebecca Spike und Ellison half, Ronan von der Ladefläche zu holen.

Rebecca wies die anderen an, ihn auf das große Bett im Bau zu legen, damit sie ihn nicht die Treppe hinauftragen mussten.

Ronan nahm seine menschliche Gestalt an, als er wieder auf die Füße kam. Er versuchte, allein hineinzustolpern, aber am Ende trugen Ellison und Spike ihn beinahe.

Er stöhnte, als er auf das Bett fiel. Sein Gesicht war blass vom Blutverlust, die Biss- und Krallenwunden bluteten wieder. Sein Atem ging flach und der Puls zu schnell.

Elizabeth und Rebecca deckten ihn zu, und Rebecca brachte Verbandszeug und Desinfektionsmittel. Aber wer wusste schon, was in seinem Körper vor sich ging oder welchen Schaden das Halsband angerichtet hatte?

„Er muss ins Krankenhaus", erklärte Elizabeth.

Rebecca schüttelte den Kopf. „Die menschliche Medizin versteht nichts von Shiftern. Sie könnten ihn umbringen, wenn sie das Falsche versuchen."

„Wir müssen *irgendetwas* tun …"

Elizabeth brach ab, als ein Schatten über die Tür fiel. Sean Morrissey kam herein, das Schwert des Wächters auf dem Rücken. Sowohl Rebecca als auch Cherie sprangen auf die Füße und sahen Sean mit dem gleichen Schrecken in den Augen an.

„Nein, Sean, noch nicht", bettelte Rebecca. „Wir brauchen das Schwert noch nicht."

„Das weiß ich, Mädchen", sagte Sean. „Aber ihr braucht meine Gefährtin."

Andrea folgte ihm. Ihre Schwangerschaft war unter dem weiten, dünnen Shirt leicht erkennbar. Wortlos kam Andrea zu Elizabeth und umarmte sie kurz. Dann setzte sie sich neben Ronan aufs Bett.

Schweigend schlug sie das Laken zurück, legte die Hände auf Ronans nackte Brust, senkte den Kopf und schloss die Augen.

In dieser Position verharrte sie eine Weile, unbeweglich bis auf ihre Brauen, die sich vor Konzentration zusammenzogen. Cherie barg das Gesicht an Rebeccas Schulter. Mabel, neben Elizabeth, drückte ihr die Hand. Mit seiner lauten Kinderstimme fragte Olaf: „Wird Ronan sterben?"

„Nein, Kumpel", sagte Sean. „Nicht heute Nacht."

Das Schwert auf Seans Rücken ließ ein leises Klingen hören. Elizabeth' Blick folgte dem Geräusch, aber die andern im Raum schienen nichts zu bemerken. Vielleicht war das normal.

Andrea atmete tief ein. Dann begannen sich zu Elizabeth' Verwunderung die großen Schnitte an Ronans Kehle zu schließen. Vor ihren Augen wurden die Wunden kleiner, trockneten und schlossen sich. Anstelle des zerbissenen und aufgeschlitzten Fleischs zeigten sich nun lange Schorfstellen.

Die Blessuren und Schnitte in Ronans Gesicht und im Bereich seines Halsbands verblassten, und sein Atem ging leichter. Nach einiger Zeit seufzte er und öffnete die Augen.

Er sah sich um, sah die Leute an, die um sein Bett herumstanden – seine Familie, Elizabeth und Mabel, Sean und Andrea, Spike und Ellison. Er schnitt eine Grimasse. „O Mann, ist das peinlich."

„Besser peinlich berührt als tot", sagte Andrea und tätschelte ihm den Arm. „Hör auf damit, Ronan, ich bin es leid, dich zusammenzuflicken." Sie erhob sich, verzog das Gesicht und legte die Hand auf ihren gewölbten Bauch.

Sean war sofort an ihrer Seite. „Alles in Ordnung, Liebes?"

„Bestens." Andrea rieb sich den Bauch. „Da drin wird ganz schön getreten. Ich glaube, sie wollte mir helfen und war sauer, dass sie das nicht konnte."

„Oh, darf ich mal fühlen?", fragte Mabel fröhlich. „Ich liebe Babys."

Andrea ließ Mabel die Hände auf ihren Bauch legen, während Sean liebevoll und mit Beschützerblick zusah.

„He, was ist mit mir?", fragte Ronan. „Ich bin hier der verletzte Held."

„Du wirst wieder gesund", sagte Andrea. „Innerlich ist alles in Ordnung. Die Wunden sind nur oberflächlich, dank deines dicken Bärenfells. Du wirst einen höllischen Kater haben, aber das ist deine eigene Schuld, wenn du mit einem Paria kämpfst."

„Ein Kampf, den ich gewonnen habe. Du hättest mal den andern Kerl sehen sollen. Was ist übrigens mit ihm passiert, Sean?"

„Er ist bei Dad", sagte Sean. „Zumindest für den Moment. Dad wird ihn morgen zu Liam bringen, der ihn vernehmen wird."

„Armer Bastard", sagte Ronan. „Besser er als ich."

Dann fingen alle gleichzeitig an zu reden, ihre Meinungen über den Kampf mit dem Paria auszutauschen oder nach Details zu fragen. Elizabeth ging dazwischen.

„Raus. Alle raus hier. Ronan muss sich ausruhen."

Statt zu diskutieren, gehorchten sie ihr zu ihrem eigenen Erstaunen – sofort, leise und schnell. Mabel war die Letzte, die ging. Sie hielt inne, um Elizabeth zu umarmen.

„Glückwunsch, ihr zwei. Ich wusste, dass ihr hier letzte Nacht rumgemacht habt. Ich kriege einen Shifter als Schwager. Das ist so cool."

Sie drückte Elizabeth noch einmal, winkte Ronan zu und stürmte zur Tür hinaus.

Elizabeth kam zum Bett. Sie setzte sich an Ronans Seite, dann gab sie ihren Gefühlen nach und legte sich neben ihn, weil sie ihn umarmen wollte.

„Neuigkeiten sprechen sich hier schnell herum", sagte sie. „Mabel war nicht beim Kampf – zumindest hoffe ich das. Woher weiß sie, was aus dem Gefährtenantrag wurde?"

„Ganz Shiftertown weiß das, Liebling." Ronan fuhr ihr mit einer verbundenen Hand durchs Haar. „Die Hälfte von ihnen hat gehört, wie du dich hingestellt und erklärt hast, dass du mich akzeptierst. Und du kannst wetten, die Hälfte von *denen* hat sofort das Handy gezückt, um die Nachricht weiterzuverbreiten. Ein Gefährtenbund ist hier eine große Sache. Shifter lieben den Gefährtenbund, und sie tratschen gerne. Jetzt weiß Liam natürlich auch alles, und ich werde ziemlich was zu hören bekommen."

„Sag ihm, er muss sich hinten anstellen." Die Erstarrung, die sie die ganze Nacht aufrechtgehalten hatte, löste sich. „Du wärst heute Nacht fast gestorben. Verdammt noch mal, Ronan. Und sag mir nun nicht, alles wäre gut, weil du gewonnen hast. Fast hättest du *nicht* gewonnen."

Ronan küsste sie aufs Haar. „Ich habe deinetwegen gewonnen, Lizzie-Girl. Weil der Gefährtenbund mich nicht hat sterben lassen."

„Gefährtenbund ..."

Ronan verschränkte seine Finger mit ihren und zog ihre vereinten Hände an sein Herz. „Ich fühle ihn genau hier. Es bedeutet, dass du und ich zusammengehören, dass wir einen Bund haben, den niemand brechen kann. Ich hoffe, dass du es eines Tages auch fühlen wirst."

Er klang so hoffnungsvoll, dass Tränen in Elizabeth' Augen brannten. „Ich fühle es, Ronan. Ich liebe dich. Ich habe noch nie so für jemanden empfunden. Du bist lustig und warmherzig und stark und mutig und großzügig, und ich liebe dich. Und Wunder über Wunder: Du liebst mich auch."

„Da kannst du drauf wetten, dass ich dich auch liebe." Seine Augen wurden dunkel. „Du hast mich gerettet, Elizabeth."

„Nein, die meiste Zeit hast du mir den Hintern gerettet. Andrea ist diejenige, die dich geheilt hat ... Wie hat sie das gemacht?"

„Feenmagie." Ronan sagte das so, als sei Feenmagie etwas Alltägliches, das man auf der Straße fand. „Andrea ist halb Fee, und ihre Magie verleiht ihr die Gabe, andere zu heilen. Glück für uns. Aber das ist es nicht, was ich gemeint habe."

Elizabeth stützte sich auf einen Ellbogen. „Du hast so viel für mich getan. Und die anderen Wandler auch. Ich habe so wenig zurückgegeben."

„Nein", sagte Ronan. „Ich war lange Zeit allein, Lizzie-Girl. Selbst hier, wo ich mit Rebecca lebe und die Jungen aufgenommen habe, war ich es immer noch." Er ließ ihre Hand los und streichelte ihr mit der Rückseite seiner Finger über die Wange. „Jetzt bin ich nicht mehr allein."

Elizabeth drückte ihm einen federleichten Kuss auf die Lippen, ihr Herz war übervoll. „Ich auch nicht mehr."

Ronan ließ die Hand in ihren Nacken gleiten und hob sich ihrem Kuss entgegen. Sie erforschten und berührten sich eine Zeit lang, erfüllt von dem Wunder der neu entdeckten Gefühle.

„Weißt du", sagte Ronan und strich ihr das Haar zurück. „Ich glaube, mir geht es schon *viel* besser."

Sein plötzliches verschmitztes Lächeln erhitzte Elizabeth' Blut. Sie strich mit der Hand über die Decke, bis sie eine ziemlich große Ausbeulung darunter fand. „Das kann ich sehen."

„Hmm, hast du die Tür hinter meinen neugierigen Freunden abgeschlossen?"

„Ja, habe ich."

Ronan grinste, als er die Decke wegschob und sein warmes Gewicht auf sie rollte. „Wusste ich doch, dass ich mich für die richtige Frau entschieden habe."

„Ja, hast du." Elizabeth lächelte in seinen Kuss hinein und schlang ihre Arme um seinen breiten Körper. Sie fühlte sich sicher und warm unter ihm und würde für lange Zeit nirgendwo anders hingehen. Zart leckte sie über seine Ohrmuschel und knabberte daran.

„Mein Bodyguard", flüsterte sie, „mein *Gefährte*."

Ende

Über die Autorin

Die New-York-Times-Bestsellerautorin Jennifer Ashley hat unter den Namen Jennifer Ashley, Allyson James und Ashley Gardner mehr als fünfundsiebzig Romane und Novellas veröffentlicht. Unter ihren Büchern finden sich Liebesromane, Urban Fantasy und Krimis. Ihre Veröffentlichungen sind mit zahlreichen Preisen ausgezeichnet worden – beispielsweise dem RITA Award der Romance Writers of America und dem Romantic Times BookReviews Reviewers Choice Award (unter anderem für den besten Urban Fantasy, den besten historischen Kriminalroman und einer Auszeichnung für ihre Verdienste im Genre des historischen Liebesromans). Jennifer Ashleys Bücher sind in ein Dutzend verschiedene Sprachen übersetzt worden und haben besonders hervorgehobene Kritiken der Booklist erhalten.

Mehr über die „Shifters Unbound"-Serie erfahren Sie auf www.jenniferashley.com oder direkt per Email an jenniferashley@cox.net.

Made in the USA
Charleston, SC
29 January 2015